転生OLですが、（ちょっとえっちな）乙女ゲームの世界で推しにぐいぐい迫られてます

笹木らいか

プランタン出版

※本作品の内容はすべてフィクションです。

人間はうっかり死んでしまうことがある。


雨上がりの空は鈍い灰色。

アスファルトの道路は濡れて黒いまま。

カツカツと音をさせて歩くと右足の膝がかくんと崩れる。

「……痛っ」

転びかけて慌てて体勢を立て直すと、片足に違和感を覚えるが、なにが変なのかがすぐにわからない。数歩歩いてから、やっぱりおかしいと屈み込んで右足を眺める。

「あっちゃー」

どうやら靴のヒールが取れてしまったようだ。

靴を片足脱いで裏に返すと、踵が根もとからぽっきりと折れてなくなっている。

結衣は、ため息を零し、つぶやいた。

「ついてないなあ。今日は厄日だよー」

薄曇りの空を見上げ、道の端のガードレールに腰かける。

バス停までもうしばらく歩かないとならなそうだし、この場所にはタクシーなんて来ない。

片側一車線の狭い道で、歩道らしい歩道もなくて、ガードレールのすぐ下は崖。

ぶぅんというエンジン音が近づいて来る。

——トラック？

ふと視線を上げたときには、もうトラックは自分のすぐ側で——。

「……っ」

悲鳴を上げる暇くらいはあった気がするから、たぶん叫んだのだけれど——そのあたりのことは結衣はまったく覚えていないのだ。

ただ気づけば自分はトラックにはね飛ばされて崖下に転がっていって——。

その後の記憶はただひたすらの闇。

1　転生した先が乙女系アダルトゲームだった件

真っ暗な闇の底でメロディが鳴り響く。

目覚ましの音だ。

結衣は目を開けてしばし白いクロスが貼られた天井を凝視していた。

――ここは何処だっけ。

ついさっきまで曇天の空を眺めて途方に暮れていたような気がするけれど、夢だったらしい。

ドライブデートの途中で長いつきあいの彼氏に二股されていたのが発覚し、喧嘩をして、車から降りて山道を歩いていたら事故に遭ったという最悪な夢だった。

「ユイ、おはようございますー」

枕元で声がして、ぎょっとして半身を起こす。

タオルケットを胸元に抱きしめてそっと視線を向けると、声を発したのは、ヒューマノイドロボットだ。大きさは結衣の腰の高さくらい。ＬＥＤの丸い目がピカピカと青い色で瞬いている。その光の点灯に合わせて人工の合成音でロボットが話す。

「今日は九月五日日曜日、休日です。今朝の気温は二十二度。天気は晴れ。ネオトウキョウの最高気温予想は二十八度です。今日のユイの予定は特にインプットされておりません。もう少し寝ますか?」

ときどきたどたどしくなるけれど基本は流暢(りゅうちょう)な話しぶりだ。「寝ますか?」のところで物問いたげに首を傾げるのが、愛らしく思えなくもない。

「……ロボット……だよね?」

「ユイ、ボクは傷つきました。ボクはロボットですがユイがつけてくれた名前があるのに」

目の点滅が速くなり、青い光の丸い目尻がすーっと下がっていって泣き顔になる。しゅんとうなだれる。

「名前……あ、そうだ。名前ね。レンレン……そう、レンレンッ」

覚えているわけじゃないのに、どうしてか何百回となくその名前を呼び続けていたみたいにするっと口をついて出る。

——レンレン?　レンレンでいいんだよね?

腑に落ちず、首を傾げてしまうが、結衣に呼ばれたレンレンの目はぱちっと瞬いてからハートの形になった。

「そうです。ユイ。ボクはレンレン」

「うん」

そうだった。

――このヒューマノイドロボットは、私のためのスケジュール管理ロボットで。

毎朝、結衣をアラームで起こしてくれて、一日のスケジュールを口頭で確認してくれる。

別に珍しいものではない、政府支給品の無印のスケジュールロボットだ。成人になった国民に個別に配布されるもので、だから大人になって以降の結衣の日々のほぼすべてを見守ってくれているそんなマシンで……。

「それで……私は……」

私は星空（ほしぞら）結衣で、商社勤めのＯＬで、二十四歳。

ここはネオトウキョウシティ２０２１。

今日は日曜で朝寝坊してだらだらと過ごす予定で。

ぽろぽろとひとつずつ、自分自身にまつわる記憶がどこからともなく立ち上がる。

ただ、すべてが曖昧でまるで曇り硝子（ガラス）越しに景色を見ているかのようだ。

どこまでが夢で、どこからが現実かがわからない。夢のなかで、トラックにぶつかって飛ばされて崖下に落ちていったときの衝撃があまりにも濃厚に身体と脳に染みついていて、それ以前の自分の毎日の記憶濃度が薄まったというか。

現実世界と夢世界が混じりあってぐるぐると攪拌されてしまったので混乱しているというか。

考え込んで首を捻ると、結衣の様子を見たレンレンも腕組みをして結衣のポーズを真似て「むーっ」と言った。

「むーって……なに」

ちょっとかわいいな。

と、思ったのと同時に――いきなり部屋のドアが大きな音をさせて開いた。

驚いて開いたドアを見ると、人形のような見た目の派手な化粧をした女の子が結衣に突進してくる。

「結衣ーっ、休みだからって寝坊禁止だよっ。今日はヨシくんの頼みで映画のエキストラに行くから一緒にって昨夜言ったよね～。忘れちゃったの?」

飛びつくみたいにベッドにジャンプして乗っかって、まくし立てる。

びっくりするくらい美声である。甘えてくるような愛らしい声で、滑舌がよくて、するすると耳に滑り込んでくる。

「え……」

結衣のすぐ目の前で、金髪の縦ロールがふわふわと揺れている。

二重のぱっちりとした大きな目に青いシャドウ。黒くて太めのアイライン。目の下にはぷっくりと涙袋。マスカラを塗った睫はバシバシに太くて長く、形のいい唇に濃厚ピンクの口紅。きらきらした粉が顔全体にかかっている。

——この特徴的な髪型と化粧。そしてなによりこの声っ!?

派手な出で立ちに負けないあくの強い美形の顔立ちと、小柄ながらナイスバディで、やたらと誰に対しても距離感つめすぎでゼロレンジなのに、不思議と誰からも拒まれないという——現実にこんな奴いないだろとみんなに言われていた——。

「あなたは……星野(ほしの)こじか……通称バンビッ!?」

星野こじかは——伝説の十八禁ゲームに出てくるお助けキャラだ。

「ということは、ここって——『星空姫と夜の王子たち』の世界ってこと？　そういえばこの部屋の様子とかレンレンとか、知ってる。この手抜きなわりにベッドだけは気合いの入ってる部屋のスチル、覚えてる」

『星空姫と夜の王子たち』は、略して『星姫』と呼ばれていた女性向けの十八禁アダルトゲームである。

その名前がぽんっと脳裏に浮かび、あとはずるずるとさまざまな情報が一気に脳内に溢れ出てきた。

女性向けゲームでＢＬではないアダルトカテゴリのものは売れない、と長く業界的に言われていたなかで異例の大ヒットをした伝説のエロゲーだ。

　主人公は、客観的に見てどことといって取り柄のない、真面目で素直なだけが取り柄の女の子。しかしその凡庸な女の子が、さまざまなタイプのイケメンたちを落としていく。いや『落とされていく』といったほうが正しいのかも。

　とにかく主人公はあっというまに恋に落ちるし、ちょっとでも相手のラブメーターを上昇させると怒濤の勢いで十八禁のシーンに突入する。エロゲーなので。

　相手が落ちた瞬間からが勝負といった感じで美味しいシーンとスチルが増えていき、蕩けそうなほどの美声でものすごい恥ずかしくなるような台詞をささやかれまくるので、ヘッドフォンなしでは遊べない。

　そんな、自分が好きだった乙女系アダルトゲームのなかで、さんざんお世話になったのは、いま目の前にいる――バンビこと星野こじかだった。

　主人公はバンビとルームシェアをし、恋愛相談のみならず生活全般の悩みを聞いてもらっていたし、すべての男性キャラはバンビを通して出会っていたし、ありとあらゆる情報がバンビから得られたのである。

　一時期は親の顔より多くバンビの顔を拝み、親と会話しない日はあってもバンビとチャットしない日はなかったというくらい世話になっていた。

　――ん？　一時期は……って、なんだ？

自分にのしかかってきているバンビの重みに、頬に触れる金髪縦ロールの感触。シャンプーのいい匂い。

これは現実っぽいけれど、でも自分がよく遊んだゲーム世界と共通で。

「なに、結衣。スチルって？」

バンビが言う。

「えっ……やだ。やっぱり、いい声。バンビちゃんさすがプロだよね。生で聞くとその声、女の私でも、きゅんってなる」

「はあ？　生で聞くとってなに……あと、どうしていきなり〝ちゃん〟づけ？」

バンビがいぶかしげに結衣を見返し、

「結衣、気持ち悪いよ。突然」

と続けた。

毒虫に対して罵（ののし）るみたいな声だった。その言い方が、また、なんというかプロ。たぶんこれはある種の性癖を持つリスナーにとってはご褒美である。

「ごめん……」

「なに赤くなってんの。ちょっとおかしいよ、結衣。大丈夫？」

「あの……いや、大丈夫じゃないかも。待って」

待ってと言ったらバンビが待った。

定番だけれどここは自分で自分の腕をぎゅっと抓(つね)ってみるというのをやってみよう。頬を抓るほうがいいのかもしれないが、頬だと跡がつくし、十代だったらいざ知らず二十四歳だと残った跡がなかなか消えなくなってきているので。

右手でぎゅむっと左腕を抓る。

「痛い……な。あれ？」

「なにやってんの。いつまで寝ぼけてるのよ、もう」

バンビが目をつり上げて結衣の頬を容赦なく摘んで引っ張った。

デコラティブなネイルを施された鋭い爪が結衣の頬に突き刺さる。

とても——痛い。ぴきーんとなるくらい、痛い。

「い、痛いっ。なにすんのよっバンビ」

つまりこれは——夢じゃないってこと!?

「いいから、結衣。早く起きてよ。あんたの大好きな天王寺(てんのうじ)蓮(れん)が主演の映画のエキストラなんだからさあ。昨夜は絶対に絶対になにが起きてもエキストラには行くからって息巻いてたでしょ？」

「……天王寺蓮って」

「あんたの推しでしょ。ドラマに映画に写真集に雑誌にって全部追いかけてる憧れの王子さま。——あたしは二次元にしか興味ないから立体化されたザ・王子さまには心のち◯こは勃たないけどさ」

「こ……心の。なんて言い方するのっ、バンビ」

「はいはい。あなたの王子さまを汚してしまって申し訳ない。さ、立って。それで顔洗ってメイクして着替えてピシッとして。最推しの相手を拝みに行くのに、だらしない格好なんて、神が許してもこのバンビちゃんが許さない。二次元も三次元も四次元であっても推しに対する作法は共通よ」

そうだった。

バンビは明るいアニメオタクで二次元のアイドルに夢中なのだ。

そして一方、結衣は『星姫』のなかでは天王寺蓮という俳優に夢中であり——。

——リアルな私の最推しキャラも天王寺蓮で。

「……ちょっと待って。もしかしてこれって、さんざん読んだあれじゃない？」

つぶやいたらバンビが「もう待たない」と即答し結衣の腕を引っ張って立ち上がらせる。

「トラックに轢かれてゲーム世界に転生するっていう、定番の……」

しかしバンビは結衣の言葉を聞いてはくれなかった。

結衣は、追い立てられるように部屋を出て洗面台に向かう。

そして、鏡のなかの自分の顔を見て、確信する。

主人公なのに、主人公であることを主張しない、かわいいが、特徴のない顔立ち。

内巻きにしたおとなしめの茶髪のボブスタイルの髪型も、嫌みがない。

どこからどう見ても、星空結衣だ。

——どうやら私、エロゲーの世界に転生しちゃったみたい。

何故また『星姫』なんだ。もっと普通に乙女ゲームだってやってきたのにと思わなくもなかったが、そんなことはこの際どうでもいい。

ぽかんとして立ち尽くしていたら、バンビから歯ブラシを口に突っ込まれた。「ふが」と情けない声を上げる結衣を置き去りに、バンビが洗面所を出ていった。

仕方なく、しゃかしゃかと歯を磨くうちにしっかりと頭が覚醒していく。

天王寺蓮の映画のエキストラに出向くのは、蓮との初遭遇イベントで、これはゲームの序盤である。人数が足りないからと、バンビの幼なじみであるヨシくん経由で依頼された。降って湧いたスペシャルな一日。ステータス的にはまだ誰とのラブフラグも確立しておらず、突出して好感度が上がっていない状態のはず。

「よし。わかった」

なにひとつわかっていないのに、結衣はそうひとりごちた。これが現実であっても、あるいは痛覚のある夢であっても、どちらでもかまわない。いま結衣が目指すのは自分の最推しキャラである天王寺蓮と無事に知り合うことだ。

どうしてかというと——。

「蓮は『星姫』のアイスドールにして、不憫王子の異名をほしいままにした、最凶キャラだもんなあ」

攻略対象からはずれ、主人公との恋が成就しないと、すべてのルートで自滅エンドとなるかわいそうなキャラなのである。

それだけじゃなく、恋愛が成就すると今度は自分たち以外は全員死滅で世界を滅ぼしてしまうという〝こんな欝展開のハッピーエンドあるの!?〟という制作者（神）に黒い十字架を背負わされたとんでもキャラなのだった。

欝展開ハッピーエンドの引き金は、主人公である星空結衣が、蓮のファンであるストーカーに襲われること。もちろん主人公は危機一髪で殺害は免れるのだが、自分のせいで最愛の恋人が危険な目に遭ってしまったため蓮の主人公への保護欲が強くなり――実は潜在的に持っていた異能の力が発現してしまうという超展開。

蓮は、結衣が被害に遭うことで、超大な力を持つ能力者となってしまい主人公と自分以外の人間は「不要」と判断し全人類を破滅させる。

――いきなり魔王になっちゃうのよね、蓮だけ……。

「突拍子もない展開が癖になるって、それで流行(はや)ったエロゲーだし、おもしろいからどうしようもないんだけどさ。主人公と結ばれなかったらどのルートでも破滅に突き進むのつらかったし、結ばれたら異能の力で世界が滅びるっていうの、あれは私にとってもトラウマだったんだよなあ。蓮以外はわりとまっとうなルートなのに何故か蓮だけは全部不幸……」

だが、それがいい。

欝展開で打ちのめされた挙げ句に〝アイスドールの泣き声と泣き顔がかわいそうでかわいらしくて美味しいです!!〟だったのは確かで。

「守りたい。あの泣き顔」

つぶやいたら、バンビが洗面所のドアを開ける。

「いつまで顔洗ってるのよ。早くしなよー。愛しの天王寺蓮を生でひと目見たいって言ったの、結衣なんだからねー」

「はーい。ごめん。すぐ支度するー」

結衣は慌てて化粧水で肌を整え、寝癖を直すためにドライヤーに手をのばした。

クローゼットのなかから一番かわいいワンピースを選んで着替え、気合いを入れてバンビと出かける。どんな格好をしても隣にバンビがいるかぎり、どうしたって「並」という印象を与える外見なので、インパクトは狙わない。

九月のネオトウキョウの街を歩くと、秋風が頬を撫でていく。

名前にネオがついているが、結衣がもともと知っている東京の街とこれといって変化はない。車が空を飛んでるわけでもないし、ビルのなかにある東京タワーも見慣れたものだ。ただ、そういえばネオトウキョウには何故かスカイツリーは建っていない。制作者（神）が東京タワーには憧れがあるが、スカイツリーはあまり好きじゃないというのが理由だった。

それから街のあちこちに一定間隔で、かつての公衆電話ボックスに似た大きさの光り輝くアクリル透明ボックスが置かれている。『星姫』のゲーム内で、そこがセーブポイントになっていて、そこから自室にいるレンレンに連絡し、今日のこの後のスケジュールを確認したり、最新情報を聞いたり、明日の予定を組み込んだりしていた。

「ちょっと待ってて。レンレンに連絡しとく」

そう言ってボックスに入る。旧式の公衆電話機に似た機械にスマホをかざすとピッという音がして、セーブ終了。連絡事項やスケジュール変更は特になし。

深く考えずともそういった一連の動作ができるのは、転生前のこの身体がずっと同じことをやり続けていたからだろう。身体が覚えているというやつだ。

その後、バンビに連れていかれたのは東京タワーである。

結衣が頼まれているのは、東京タワーでの撮影のエキストラなのだ。集合場所は東京タワーの真下だ。事前に渡された紙には名前と年齢と連絡先が記載されている。封筒に入ったそれを撮影スタッフが回収し、かわりに手のひらサイズのシールを渡される。

「このシール、見えるところに貼っとくか、すぐ出せるように持っててください。これ持ってるとエキストラさんだってわかるから追い出されないんで。あ、だけど貼っちゃったときは、本番でカメラまわすときに映ったら困るから〝本番です〟って言ったら剝がしてね」

愛想よく言われ「はい。ありがとうございます」と頭を下げて、すぐにワンピースの胸元にぺたりと貼付する。天王寺蓮の撮影風景を近くで見る機会なのだ。瞬きですら惜しいと思っているのだから、万が一にでも「出てってください」と注意されるのは避けたい。

結衣の後ろで同じくシールをもらったバンビは、持っていた小さなバッグのなかにするっと仕舞う。

「バンビ、貼っちゃったほうがいいよ。バッグに入れるとバンビはなんでも見失っちゃうから」

たしかそのせいでバンビは、エキストラではないのに紛れ込んだ天王寺蓮のファンと見なされて撮影前に外に出されてしまうはず。

「うんー。だけどさ、このシャツ、こないだ買ったばかりのお気に入りなんだよね。シールつけたら剝がしたときに毛羽だっちゃうじゃん」

推しアイドルは二次元で、メンバーカラーは若草色。緑でもなく、黄緑でもない、絶妙な色合いなのだ。この色のシャツはキャラグッズとして販売されている以外で見ることはあまりない。

「そう……だよね、バンビの推しキャラの色だもんね」

そもそもがバンビは天王寺蓮を好きでも嫌いでもないのだ。結衣につきあってくれているだけなので、撮影にも興味がない。

「あ、わかってくれてた。結衣のそういうところ本当に好きー」

バンビが結衣に抱きついて、結衣も「わからいでか。バンビがどれだけあのキャラが好きか常日頃から聞いて知ってるからねー」と腕をまわして言い返す。このあたりはいつものお約束事項だ。バンビと結衣が仲良しすぎて、もしかして百合ルートもあり得るのではと、そっち系の同人誌が出回っていたくらいである。

そうやって、女の子同士できゃあきゃあ盛り上がっていたら——。

「天王寺さんはいりまーす」

スタッフの男性が大声でそう言った。

「やばい」

いよいよ天王寺蓮がこの場にやって来る。

「結衣、気絶しないでよ」

「しない。もったいない。正気を保って蓮さまをガン見します」

ぶんぶんと首を縦に振り、深呼吸する。

スタッフが人払いをして作った空間に、なにかきらきらしたものが現れた——と思ったら、それが天王寺蓮だった。

とにもかくにも美形なので、常に花びらと花を背負って登場するのが彼なのだ。

——なのに、なんてこった。

花が背景にない。そして光も背負ってない。

どうやら本当に転生しちゃったみたいと把握したのは、蓮の背景を見たこの瞬間だ。

もしも夢だとしたら、自分の推しの背景にこんな手抜きはしない。初登場で光の加工を入れないなんてあり得ない。

だったら、ここってリアル世界に違いない。

推しが花を背負って登場しないということに呆然とする。が、花などなくても蓮は麗しい。

ただ普通に歩いているのに、その一挙一動すべてが絵になるってどういうことだ。

蓮は、母が英国人で父が日本人なので、西洋人と東洋人のいいとこどりのルックスなのである。

さらさらの髪はプラチナブロンド。くっきりとした綺麗な二重の目は鳶色(とびいろ)。高い鼻梁(びりょう)に形のいい薄い唇。横顔がパーフェクトで顎から首にかけてのラインは切り絵にして美術館に飾りたいくらい。男性ののど仏に対する愛はないが、こと天王寺蓮ならばのど仏の丸みすらもたまらないし、宝石に喩えたい。というか、絶対にのどにも仏がいる。のどに仏がいて、瞳に天使が宿って、全身には妖精が魔法の粉をかけて祝福していて、神に愛されてこの世に生まれ落ちた造形美。

「やばいやばいやばいやばい……。バンビ」

結衣はがしっとバンビの腕を掴む。誰かにしがみついていないとそのまま倒れてしまいそうだった。

「二次元が立体化して画面から飛び出したらここまでの破壊力ですかっ。どうしよう。私の推しって顔が！　いい!!」

「はいはい。つーかさ、あんたの推し、二次元じゃねーから」

「ん……んんんっ」

結衣は、唇を嚙みしめて推しの顔面を享受する。目のなかに飛び込んでくる彼の美しさを表現できる言葉などこの世にあるはずがない。同じ世界で呼吸をしているということは、彼の吐いた二酸化炭素を自分が口から吸い込んでいるということなので、生きているだけで常時、間接キス――。

「……やばい」

これが同次元に生きるということか。毎日、気づかぬうちに間接キス。

「召される……かもしれない」

「おいっ。気をしっかり持て。傷は浅いぞ」

バンビが結衣の肩を摑んでがくがくと揺さぶった。

「傷は浅くない……けど。もっと深い傷であっても蓮になら許す」

自然と両手をあわせて拝んでしまった結衣を、天王寺蓮が冷たい目で一瞥して通り過ぎていく。

——さすがアイスドール。

足もとを歩く蟻のことなど一顧だにしないという、その目つき、ご褒美です。

口には出さず脳内でつぶやいて、にこにこと笑う結衣の様子に、周囲にいたエキストラたちが少し怯んだ顔で後ずさっていった。


「リハーサルいきまーす」

スタッフの男性が叫ぶ。エキストラたちが指示された場所に、陣どった。結衣とバンビもふたりで連れだって歩いていく。

と——。

「そこの人、エキストラ？　そんな目立つ髪の子いたかなあ。そこに金髪の子がいると、絵的に目がそっちにいっちゃうからちょっと困るなあ」

　スタッフがバンビに注意する。

「……それに、きみ、シールつけてないよね」

「あ、もらってます」

　えーと、と言いながらバンビがバッグの底をがさごそと探る。しかしすぐには出てこない。小さなシールなのでどこかに紛れ込んでしまったようだ。

「うーん。きみはエキストラからはずれてくれる？」

　スタッフの渋面に、バンビが「はい。いいっすよー」と明るく応じた。

　もともとバンビは結衣につきあってくれていただけなので、ごねることもなく素直に引き下がる。

「じゃ、結衣はがんばってねー。倒れないか心配だから邪魔になんないところで待ってるけど」

「いいよ。大丈夫。時間、どれくらいかかるかわかんないし。先に帰ってて」

「うん」

　バンビはスタッフに言われるがままにその場を離れた。

　そういう流れになるのは『星姫』のゲームですり込み済みなので、動揺はしない。これから起きることがわかっているというのは実に楽なものだ。

　忘れないうちにと胸元のシールを剝がしてバッグに入れる。

エキストラだけでカメラテストなるものをしてから、蓮がやって来てリハーサルがはじまる。ヒット漫画が原作の恋愛映画なので、蓮は美人の女優さんと頬を寄せ合ったりしているけれど、結衣は嫉妬もしない。

――あの女の子、顔ちっちゃいなあ。

蓮と並んでも遜色ないってことは相当に美人だなあ。美男美女って眺めてるだけでなにかの御利益がありそうだ。あの子、アイドルグループのセンターだったっけ。あの子の男性ファンたちに蓮が悪く言われないといいけどなあ。

ぼんやりとそんなことを考えながら、蓮の撮影風景をちらちらと眺める。エキストラなので目立つのはよくないから、そんなに振り返ったりしないで、横目で見られる範囲に留める。

しかし、近くで見れば見るだけ「自分とは違う次元の人」という実感が増大していくばかりだった。

なにせ、天王寺蓮、美しいだけではなく天才なのだ。

十代のうちにアイドルデビュー。ゆえに「アイドルあがり」と揶揄(やゆ)されがちだが、蓮は、レストランのメニューを読み上げただけでまわりの人を泣かせたという逸話を持つ俳優にひけをとらない――と結衣は思っている。

もちろんこれは結衣だけの感想ではなく、実際、この後、役者としての実力も見いだされ、二年後にはハリウッドデビューも果たすのだ。ゲームのなかではそういうことになっていた。

当然ながら、撮影でも、蓮は台詞をとちることは一度もなく、なにもかもが完璧だった。おかげで、とどこおりなく、あっというまに撮影が終わってしまう。

すべてがパーフェクト。

「カーット」

声がかかり、監督や撮影スタッフが移動する。エキストラたちも集められ、

「お疲れさまでした。渡されたシール持って、あっちに仮設してるスタッフテントに来てください。シールと引き替えに今日のエキストラ料、現金でお渡しします。領収書にサインしてくださいね」

と、この後にすべきことを説明された。

そこで解散して、みんなはぞろぞろと少し先に設営されている仮設テントへ向かう。椅子やテーブルがごちゃっと置いてある。

結衣が列に並んでいると、スタッフの男性がひょいっと首をのばして、周囲を見回しながら歩いてきた。

「星空さーん。星空さん、いますか？」

――来た。

結衣は、胸の前で、ぐっと小さく拳を握りしめる。

これが、結衣が蓮と巡り会い、互いの仲を深めていく最初の分岐につながるイベントである。

ここを逃してしまうと、結衣は『星姫』で蓮と知り合うことなくゲームが進む。もちろんそのぶん他のルートが開いて、別なイケメンキャラと恋に落ちることになるのだが。

——私は、蓮、一択なので！

「はいっ」

思いのほか大きな声を出してしまった。まわりが「何事？」という感じに結衣を振り返る。こんなに元気よく返事をする必要はなかったと恥ずかしくなる。なにをするにつけ、蓮への愛が迸って、勢いがつきすぎているかもしれない。もっと自然に、おとなしめに、普通に過ごさないと。

結衣が転生してしまう前の星空結衣は、もっと無個性のはずだから。

「あ、あなたが星空さん？　星空結衣さん」

スタッフの男性が結衣の前に立ち、問いかけた。

「はい」

「ちょっとじゃあきみだけ、来てくれるかな」

早口でそう言って結衣の手を引っ張った。結衣は抵抗せず、されるがままだ。

「はい」

「実はさ、突然で悪いけど、今日一日、天王寺蓮さんのマネージャーやってくれないかな」

人に聞かれないような小声だ。

そうなのだ。エキストラに来たら、いきなり一日マネージャーに抜擢され、天王寺蓮と親しくなって互いの連絡先を交換する流れがこの日の重要ポイント。

「……はい」

頬がにやけてしまうのをぐっとこらえ、重々しくうなずく。

「へえ。驚かないんだ。なんか……堂々としているね」

感心したようにスタッフの男性が言い、しげしげと結衣を見た。

「あ……いや。そんなことないです。びっくりしすぎて無表情になっちゃったっていうか」

あらかじめ知っていたから驚かなかったのだけれど、それはあまりにもあやしいかもしれない。もうちょっと考えてリアクションをとらないと。

が、スタッフはそれ以上深くは追及してこなかった。

手を離し、前を向いて歩きだす。結衣は、スタッフのすぐあとをちょこちょことついていく。

「ヨシくんって知ってるでしょ。バー『N.O』のマスターの」

「竜ケ崎義彦(りゅうがさきよしひこ)さんですよね」

バンビの幼なじみであり、攻略対象のひとりでもあるバーのマスターである。ヨシくんは酒つながりで、ありとあらゆる業界に人脈を持ち、天王寺蓮とも、天王寺蓮のマネージャーとも仲が良い。そして天王寺蓮のマネージャーがとてもポンコツで、しょっちゅう、なにかをやらかしてしまうのだ。

「そうそう。彼が、今日エキストラで来てるきみだったら安心してまかせられるからって太鼓判押してさ。たしかにまかせられそうな感じだな。天王寺さんのマネージャーやってって言われても、きゃーって言わないってだけで、ありだわ。こんな年の若い女の子をマネージャーとして一日つけろってなに言ってんだろって思ってたけど……」

しみじみと言う。

「あ、肝心なこと聞きそびれてる。きみ、免許証もってきてる？」

「あります」

そこもちゃんと織り込み済みでバッグに入れてきた。運転免許証を持参していないと、蓮と会うイベントは発生しないのだ。

「じゃあばっちりだ。車の運転してもらいたいんだよね。安全運転でね」

「はい。あの……ところで本来のマネージャーさんは？」

たしかゲーム内でもそれくらいのことは聞いていたはず。なにも聞かずにマネージャーを引き受けるのも、違和感はあるよねと、それらしいことを聞いてみる。

「ああ、本来のマネージャーね。さっきの撮影中に私用で車を出して、そこで事故っちゃって、女の子にぶつかったとかって。それで天王寺さんを迎えにこられなくなったからって急遽連絡きてさ」

「……え、事故？　大丈夫なんですか？」

「まあ、駐車場内の事故でスピードも出てないし軽傷で擦り傷くらいらしいよ。それでも相手が怪我してるのにスルーして戻ってきて天王寺さん乗せて帰るとか、ばれたら問題になるやつだから」

「そうですよね」

――事故っていっても。

カラーコーンを轢いて壊してしまいそこの店主にこっぴどく叱られるという話だったはずなんだけど、と結衣は首を傾げる。

軽傷とはいえ相手がいるとなるとおおごとだ。

「まったく、天王寺さんのところはいっつもマネージャーが足を引っ張ってんだよなあ」

文句を言いながら東京タワーの下の道をすいすいと渡っていく。公園のあるほうとは反対側に曲がり、坂をおりて少し歩くと、傍らに車が一台、ハザードランプをつけて停まっている。

すべての窓がスモークガラスで外からは車内の様子が一切見えない。

スタッフがコツコツと助手席の窓を叩き、ドアを開ける。

運転席に座っているのは——天王寺蓮である。

ハンドルに片手を置いて、身体を斜めにしてこちらを見ている。

「天王寺さん、連れてきましたよ。星空さんです」

「別に俺ひとりでもいいのに」

蓮が不機嫌な顔でそう返す。

「……っていうか、どうして天王寺さんが運転席にいるんですか。天王寺さんが運転して、それでなにかあったらどうするんですか。スクープになっちゃいますよ。運転手雇うか、マネージャーに運転させるかどっちかにしてくださいよ」

「なにも起きない。俺は安全運転だから」

クールに言ってのける。その美声にくらくらしてしまう。

——ゲームと同じ声だよ。

闇を抱えた美形男子の声を得意とする声優があてていた、そのままの声。

天王寺蓮のセクシーボイスが結衣の鼓膜と心を震わせる。

「わかってますけど、万が一があるんだから。実際、おたくのマネージャーさんがさっき事故起こしたわけだから」

「撮影中盤で主演が不祥事起こして映画がお蔵入りになったら困るってことか。そんな万が一のために、よく知らない他人に、今日一日、運転させるほうがよほど不安だと思うけどね」

　蓮が、スタッフの後ろにいる結衣へ視線を向けた。

　——やばっ。やっぱり顔がいい！

　他に感想はないのかと自分に突っ込む。もちろん顔以外にもいいところがたくさんある。深みのある声とか。スタイルがいいとか。彼の身体を押さえつけているシートベルトすらファッショナブルに見えてしまうとか。

　そんな存在そのものがマジックアイテムな蓮が、結衣を、見ている。

　——こっち見ないで。

　見ないでください。もう、心臓が止まる。いや、だけど正面からその顔を見たいので、やっぱりこっちを見てください。ああ、どの角度でも顔面が美しい。かっこいいって口にしたい。叫びだしたい。

「ん……んんっ」

　歯を食いしばる。感動が身体の内側で膨れあがって暴発しそうだ。

　脳内と胸中がお祭り騒ぎだ。

　——しかも、私は、知っているわけよ。

　蓮のすごいところは、顔がいいだけじゃないってことを。

いろんな意味で天才で、学業も優秀で、なんでもそつなくこなす王子さまタイプなのに
——不幸が似合ってしまう彼の素敵さを。

結衣と結ばれないと、彼は、全ルートでひとりきりで自滅してしまうのだ。事故死ルートが一番まとも。他は、薬物中毒になったり、「生きていくのがつまらない」と言い放って行方不明になった挙げ句、ノイローゼになって儚くなってしまったりなど、さんざんだ。

——ヒロインと結ばれないとひとりきりで壊れるアイスドールだもんなあ。

そして、結ばれると、ふたりきりで世界を破滅させるのだ。

「……決めた」

結衣はぐっと拳を握りしめた。

もともと決めてはいたけれど、結衣は、蓮をひとりで死なせないために、お近づきになって彼を救いだす。

——親友ポジションとか、どうにかできないかな。そういうルートはゲームではなかったけど、リアルならあり得るでしょ?

転生ものって、だいたい、ゲームのなかにあった出来事を覆して主人公がいろいろとうまくバランスとって物語をハッピーエンドにするものだから。

結衣だってゲームに転生したなら、それができるのでは。

エロゲーだけど。

結衣にとってのバンビみたいな立ち位置で、いろんなお助け情報を蓮に渡すことでありがたがられるような関係を蓮と築けたら大団円だ。

「……決めたって、なにを？」

蓮が胡乱げに結衣を見た。

「私、運転しますんで、一回、降りてください」

バッグから免許証を取りだして、蓮に向けて翳す。控えおろう、当方、ゴールド免許である。無事故無違反。ペーパードライバーゆえだと見抜くことなかれ。そうであっても、車のハンドルを握った途端「私、実は運転の才能あるし、私が走りだすと道がすいていってスムーズに走行するという謎な運を持っているんだ」と気づくのだから。都合のよさはゲームならでは。

——結衣というヒロインは、運命に愛されているんだからね。

左右を見てから車道に向かって歩き、蓮が座っている運転席のドアを開ける。

結衣を睨みつける蓮に、ぺこりと頭を下げる。

「失礼します。でも、ここで言い合っている時間も惜しいんじゃないでしょうか。私に運転まかせてください。最短の時間で次の場所に送り届ける自信あるんで。だいいち、スタッフさん困ってるじゃないですか。人を困らせるのは、よくないです。それにこの場合、スタッフさんの言ってることのほうが理にかなっています。万が一なんてことは起きないって、誰にも断言できません」

身体を屈めて蓮のシートベルトに手をかけて外す。鼻腔をくすぐる華やかな、いい匂いは、愛用のフレグランスだろうか。でも天王寺蓮ならば体臭そのものや汗の香りですら、いい匂いというのも起こり得る。

シュッと音をさせてシートベルトが巻き上がる。

そのとき、蓮が、結衣の手に手を重ね、そのままぐいっと引き寄せた。

結衣は蓮に抱きしめられ、身体が強ばる。いきなりすぎて、身動きがとれない。

「わかった。運転は、まかせる」

耳元で、そうささやいた。低く、甘い声だ。耳朶をくすぐる吐息に、結衣のうなじがざわりと粟立つ。

「……っ⁉」

息をつめて目を瞬かせると、近い距離で美形が微笑んだ。

「で、きみが外してくれるのは俺のシートベルトだけ？」

「……はい」

その他の、なにを！　外せと言うのか⁉

「そう。わりと、つまんない女だね」

きゅっと肩をすくめて続けて、結衣の身体をやんわりと押しのけ、車から降りる。

「なっ……」

「ヨシくんから俺のところに連絡きてた。一日マネージャーに有能で、おもしろい子を推薦しといたから、今日はそいつと仕事してまわれって。〝でも、手出しはするなよ〟ってつけ加えられた」

「手出しって」

「あのヨシくんがそんなふうに言うんだから、どれだけ魅力的な子が来るか期待してたのに——ただの有能ちゃんっぽいので、がっかり」

「がっかりって……」

「嘘。期待してるよ。星空結衣さん」

「え……あの、私の名前、ご存じで……」

「そりゃあそうでしょ。名前も知らない人をマネージャーになんてしない。俺、天王寺蓮だよ？」

「……ですよね」

天王寺蓮だよ、という言葉ですべての説明になるのが凄すぎる。そうなんですよ。あなたは天王寺蓮なんですよ。

そのまま後ろのドアを開け、乗り込んだ。

——あれ？

こんなシーンは記憶にない。蓮は、結衣がマネージャーになるのを誰からも知らされずにいたはずだし——氷の美貌で結衣を見つめただけで、会話がはずんだ記憶もないし——。それに、蓮は助手席に座るのだ。

横からあれこれと結衣の運転に対して忠告してきて「うるさいなあ。黙っててください」と結衣が膨れるというのが何回かあって、それがものすごくデートっぽかったのだ。スチルの蓮もかっこよくて、ハンドルを握っていた結衣は、運転とは別な部分でそわそわしていたはず。

マネージャーの事故のあたりから、結衣が知っている『星姫』と微妙にずれてきている。が、そんなことを気にしている暇はいまはなくて。

結衣は運転席に座り、シートベルトをして、カーナビに手をのばし操作する。

「たしか次に向かうのはＦＳＯテレビ局ですよね。都内の道路状況確認しますね。三十分でつくように、車、走らせますから。——じゃあ、いってまいります」

後ろの言葉はここまで結衣を連れてきてくれたスタッフの男性に向けてのものだ。スタッフはうなずいて助手席のドアを閉める。

カーナビの合成音ボイスが行き先を告げるのに、耳を澄ませ——ウィンカーを上げて後ろを確認し、車を出したのであった。

蓮はこの後、すごく有名になる。

もちろんいますでに有名だし、売れっ子だ。でも、この段階では女性がメインターゲットで、顔だけをちやほやされる売り方なのだ。

男性たちはまだ蓮のかっこよさに気づいてはいない。

今回撮影している映画がクランクアップし、同じく撮影中のドラマが放映され――番宣で蓮があちこちのバラエティ番組やニュース番組に露出をはじめたあたりで、蓮の独自の個性に同性たちも着目するのだ。半年後には「男性が選ぶ、なりたい顔ランキング」という人気投票で上位に食い込むし、年配層への「孫に欲しい有名人」にもランクインするわけだが。

そんなことを脳内でつらつらと思い返しているうちに、結衣の有能なドライブテクニックで無事にテレビ局に辿りつく。

ここでの仕事はドラマの撮影だ。有名脚本家が手がけたコミカルな恋愛ドラマで、蓮の役は、主人公の女性の元彼の医師だ。

ありがちといえばありがちなドラマだけれど、これは蓮の出世階段の最初の数段。気合いを入れていかなくてはならない。蓮について歩く結衣の肩に力が入る。

辿りついたらスマホのメッセージアプリにバンビからの連絡が入っていた。

『やったね。ヨシくんに聞いた。蓮の一日マネージャーをやるんだって？　一応、天王寺蓮の事務所の電話番号もヨシくんから聞いたから、伝えとくね。なんかわかんないことあったら事務所の人に聞くといいかも。とにかく、がんばれ～』

さすが、バンビだ。『ありがとう』のスタンプをぽんっと送信。既読がついた。

スマホをバッグに仕舞い、控え室に入ると、袋菓子に入ったおやつの籠と飲み物が置いてある。ペットボトルの飲料はスポーツドリンクとお茶と炭酸飲料だ。

先に入った蓮がドリンクを一瞥し、お茶を選ぶと「はい」と結衣に投げてよこす。

「……っ、急に投げないでください」

慌てて受け取った結衣の言葉に、蓮が「わかった」と真顔で言う。

「次からは投げるとき、投げるよって、ひと言いう。――投げるよ」

「……っ？」

今度は炭酸飲料が放られて、こちらもまたわたわたとしてキャッチする。さらに次は小袋の菓子。片手に一本ずつペットボトルを持っているので、掴むのが大変だ。なんとかキャッチしてすたすたと歩いて蓮の目の前に立つ。

「意外と反射神経いいね、有能ちゃん」

「食べ物や飲み物で遊ばないでください」

文句を言ってから、横にあるテーブルの上にペットボトルと菓子の袋を全部、置いた。

「違うよ。きみで遊んでるんだ」

「な……」

蓮は菓子をひとつ手に取り、袋を開ける。なかに入っている豆菓子を摘んで、結衣の口にひょいっと押し込もうとする。

「口、開けて」

近づいてくる顔と、指に、身体が自動的に逃げた。

「俺が食べさせてあげようとしてるのに、断るの？」

「あ……いえ」

断りたくない。嬉しい。ご褒美。

「つまり、欲しいんだ」

エロい声でそういう言葉を言わないでもらいたい。なんだこのシチュエーション⁉

「……っ、そういうわけでは」

結衣の唇に、蓮の指が、触れる。

冷たい指先がいかにもアイスドール。

勝手に頬が火照るし、身体はびくついてしまうし、気後れして腰が引ける。

放り込まれた口の舌先に塩の味を感じる。普通の豆菓子なのに、特別な食感。アイスドールの指で摘みあげたお菓子を、手ずから口に運んでもらえるって、前世でどんな徳を積

んだ結果こんな素敵な体験をさせてもらっているのかな、と一瞬思う。

——前世でやったのは『星姫』の攻略だった。

たくさんの分岐点を踏んで、メモをして、寝る間も惜しんで……。

「顔、赤いよ」

「……し、仕方ないじゃないですか。そんな近づいてくるから。あなた、ご自身の顔の造作が芸術品みたいだってことわかってます？　間近で見つめられて、赤くならない人なんて、いないですよ……」

うつむいて、ぼそぼそとつぶやく。

——だけどこんなシーン『星姫』ではなかったから。

「なんだ。ちゃんと動揺するんだ。安心した」

蓮が言う。

「安心って」

「初見で、俺の顔に見惚れない他人が来たの、しゃくに障ったんだよね。ごめん。それで、からかった」

薄く笑って手を離し、蓮は、自分の指をぺろりと舐める。綺麗な形の唇から桃色の舌先が覗く。つい視線が蓮の口元に向いてしまう。蓮は指や爪の形に至るまで、造りが整っている。

「しょっぱい。これ、きみの唇の味かな」

「私の唇、しょっぱくないですから」

じゃあ何味なんだとは問わないでもらいたいが、塩味ではない。たぶん。

「だいたい……舐めないでください。そういうの。汚いです」

結衣は自分のバッグからウェットティッシュを取りだして、蓮の指をぐっと摑んで、拭いた。蓮はされるがままになっている。

スタッフが蓮を呼びに来る。ノックをしてからドアが開き「メイクさん来ます」と声がかかる。

「はい。――星空さん」

蓮はペットボトルをひとつ手にしてから、鏡の前の椅子に座って、結衣に呼びかけた。

「なんですか」

「投げるよ。受け取って」

「だから――遊ばないでくださいって」

綺麗な弧を描いてペットボトルが結衣の胸元に放られる。しっかりと受け取って、睨みつけると、蓮が小さく笑っている。

「きみ、一日マネージャーやってくれるんだよね？　それ、水分補給。なんか飲んどいたほうがいいよ。最高気温二十八度予報だから脱水になるってことはなさそうだけど」

「あ……はい」

そういう意味か。優しさの表れということか。

「今日、夜遅くまでスケジュールつまってる。まともに引き継ぎもなしで、ここに来るっていうのだけヨシくんに言われたんでしょう？　今日は俺もちゃんと食事とる時間ないはずだけど、きみもだよ？　俺が収録してるあいだに時間みて、自分のことしないと――」

「ありがとうございます」

思わず頭を下げて、ペットボトルのキャップを外す。

すると、プシュッと音をさせて泡が噴きだした。

「わっ」

中味は炭酸飲料だった。溢れた液体が結衣の手を濡らす。

蓮がくすくすと笑っている。

「もう。わざとですか？」

「わざとっていうか、カフェイン入ってないもののほうがいいかなって選んだらそれになったんだ。でも、ごめん。炭酸なのに放り投げたのは、俺が悪かった」

そう言いながら、蓮は自分のハンカチを結衣へと放り投げる。

「なんでまた放るんですか。ぜんっぜん反省してないですよね、それ」

ハンカチがふわふわと空を飛び、床に落ちそうになったから、慌てて走って空中でキャッチした。白くてきっちりとアイロンがけされたハンカチ。男性でこういうハンカチを持ち歩いているって几帳面だよなあとぼんやり思う。

——そういうの、知らなかったな。

ゲームでは、持ってるハンカチの描写なんてなかったので。

「炭酸以外なら、いいだろう？」

「よくないです」

言い返しながらハンカチはハンカチとして仕舞いこみ、バッグのなかから再びウェットティッシュを取りだして手や顔を拭く。

「なんでハンカチ使わないの？」

「もったいないです」

即答する。天王寺蓮の清潔なハンカチで自分の汚れた手とか顔を拭くなんて罰が当たりそうだ。贅沢すぎる。蓮のハンカチは押し頂いたうえで、自宅に帰って、神棚（ないけれど）に供えたい。これを機に、天王寺蓮祭壇を自室に作製してしまおうか。ハンカチは拝んでから、洗って返すことになるとしても。

蓮は「もったいないって、なんだ」といぶかしそうに首を傾げた。

「まあ、いいや。きみ、うちの事務所の番号知ってる？　電話して、俺の今日のスケジュール教えてもらうといい。さすがのヨシくんも細かいところまでは知ってはいないはずだから。俺のメイクのあいだ、きみはやることがないからその隙に連絡すれば？」

「あ、はい。電話番号は知ってます。じゃあメイクのあいだ事務所にいろいろと聞きますね」

うなずいたら、ちょうどよく、メイク係の女性が控え室に入ってきた。

「おはようございます」

朝じゃなくても「おはよう」の挨拶は本当なんだなと思いながら、結衣も「おはようございます」と返す。

蓮が「今日、マネージャーがいつもと違うから」と結衣のことをさらっと紹介する。ぺこりと頭を下げると、メイクの女性も笑顔になった。

「それじゃ、事務所に連絡してきます」

スマホを片手に廊下に出る。

やり込んだつもりのゲームだけれど、こうやって直に会うと天王寺蓮は別な顔を見せてくれる。案外、よく気がつくし、アイスドールと言われながらもぜんぜんアイスじゃなくて、悪戯好きな部分もあって——。

「やばい。こんなの、もっと好きになっちゃうじゃない」

炭酸でべたべたした指をティッシュで拭いながら、結衣は、そうつぶやいていた。

蓮の事務所は野田オフィスという小さな事務所だ。アイドルのときは大きな事務所に所属していたのだけれど、最近になって、俳優業を増やすにあたり蓮は事務所の移籍をした。そのせいもあって蓮のマネージャーは若干、へっぽこなのである。

バンビに教わった事務所の番号に電話をし、事情を話すと、すでに先方も結衣が今日マネージャーをやることを把握していた。即座に「竜ヶ崎さんから伺ってます。よろしくお願いします」で話がスムーズに伝わることに安堵と同時に驚いてしまう。

ここまでくると「ヨシくん、何者⁉」と言いたくなってきた。

バンビの幼なじみでバーのマスターであり、大人のムードを漂わせた攻略キャラという以外にはなんの要素もなかったはずだ。いろんな業界の有名人や社長や天才が訪れるバーという設定はあるにせよ、みんなに好かれて、あらゆるシーンであっというまに采配できるし、連絡事項もとどこおりないとは凄すぎる。ゲームに出てくる表側を支えるには、裏でいろいろなことをやっているのだなと感心してしまう。そのへんは現実も同じか。いや、いまの結衣にとっては「ここ」こそが現実なんだけれど。

とにかく一日のスケジュールをあらためて聞いて、メールにして送ってもらった。

言われたように、どこかで食事を勝手にとっておいたほうがいい時間配分だ。つまり結衣だけじゃなく、蓮の弁当も用意したほうがいいだろう。それからもちろん水分補給も。

考えながら、一回、テレビ局の外に出て手早く必要なものの買い物をすませる。

何軒か店をはしごして、ビニール袋を手からふたつ下げて小走りで戻る。袋ががさごそと鳴っている。メイクの時間ってどれくらいなんだろう。蓮は男性だし、鬘をつけたり化粧をしたりする役柄でもないから、長い時間はかからないはず。

息を切らして控え室のドアを開ける。

蓮はメイクを済ませて、スマホを片手に静かに椅子に座っていた。走ってきた結衣を胡乱げに見返す。

「間に合った。よく考えたら、撮影のときにどこにいくのかとか私知らなくて」

「ああ」

「――はい。これ、そこのドラッグストアで買ってきました。いまから使いやすいように切っときますね」

結衣は買ってきた綿百パーセントのガーゼを翳し、蓮から離れた椅子に座る。パッケージを開けて、中身を取りだす。

「これ、十メートルのものを畳んでるんですよね。さすがにこのまま持っていってもらうわけにはいかないから」

鋏で手のひらサイズに小さく切って、二枚に畳んで重ねたものをいくつか作って、蓮へと差しだした。

「……これって」

蓮が汗取りに使っているのはこのガーゼ。高価なものとか、取り寄せが大変なものじゃなくて、近所のドラッグストアで手軽に男性が購入できるものだ。そしてこれが実に使い勝手がいいのである。浮いた汗の上にガーゼを当てて、そっと押す。拭うのではなく、拭くのでもなく、押しつけるだけ。

『星姫』の蓮エピソードで知って試しにやってみたら、使いやすくて結衣もはまってしまった。夏場はこのガーゼ一択。化粧が落ちずに汗と脂だけを吸い取ってくれるし、あまりに汚れたら惜しみなく捨てられる値段というのも、優れもの。

「ガーゼで浮いた汗を取ると、ドーランが剝げづらくて、保ちがいいですよね。今日、気温少し高めだし、ライトが当たると汗かいちゃうかもだし」

「ありがとう」

「まあ、天王寺さんは化粧なしの素顔でも充分、肌が綺麗でつやつやですけども」

「うん」

あっさりと同意する。自分が美形なことを承知しているアイスドールは、誉められ慣れているので、いちいち謙遜したりしない。さらに言うと、誉め言葉に必要以上に喜びもしない。その淡々とした感じに、ぐっとくる。

幼い頃から顔を誉められ続けていると、容姿に対しての誉め言葉を自然に聞き流せるようになるのだなと感心してしまう。

「あと、天王寺さんも、喉、渇きますよね。これ、よかったら」

次に袋から取りだしたのは体脂肪を消費しやすくなるという機能性スポーツ飲料。十七種類のアミノ酸が脂肪をエネルギーに変えてくれるらしい。味としては薄まったスポーツドリンクというか、スイカの味というか——が、蓮はこれが好きなのだ。あまり表立って言ってはいないのだけれど。

——蓮には、そういうものが、たくさんあって。

どうやってドーランを落とさずに滲む汗を拭くといいのかを考えて、調べて、人に聞いたりした結果、このガーゼに辿りついたんだろう。

スタイルの良さだって一切の努力なしでこの体型をキープしているわけじゃないのだ。飲み物にも気を配っている。

アイスドールとして人前に出るために、裏側でしてきた地味な研鑽と努力。ちょっといじましいような、華やかさとは遠ざかるようなエピソードが、結衣は好きだった。

そして、いま自分は——そういったエピソードのリアルを垣間見ているんだなと、じんとした。

だって天王寺蓮、ちっとも「アイス」じゃない。さりげなく結衣の飲み物や食べ物に気を使ってくれたり、そういうところは、きちんと心が動いている。血が通っている。

「……ああ、ありがとう」

蓮が不思議そうな顔をして、結衣の手から機能飲料水を受け取った。

ボトルキャップを開けて、飲む。かなり喉が渇いていたのか、くっと上を向いて一気に飲み干した。その姿がまた、かっこよくて、そのままCMになってしまいそう。なにをしても絵になるので、側にいるだけで秒単位でずっと眼福だ。

「ずいぶんと気が利くね。ヨシくんが推薦するだけのこと、あったな。俺、これが好きって人に言ったことないんだけどな……」

「そりゃあ、天王寺蓮は私の最推しなんで」

手をのばすと、蓮が、空いたペットボトルに蓋をしてさっと手渡す。「捨てときますね」という意思が、言わずとも伝わるなんて、ほんの数時間で自分たちはなかなかいいチーム関係を築けているのではなんて調子にのる。

「……最推し？」

「あ……なんでもないです」

ぶんぶんと手を横に振っているとスタッフが蓮を呼びに来た。立ち上がって歩きだす蓮の後ろを結衣はついていったのだった。

あまり物見遊山っぽくならないように気をつけて収録現場に立ち会う。

「おはようございます」

挨拶をされて、気後れしつつも「おはようございます」とぴしっと頭を下げてまわる。

次々と人が来るので、次々と頭を下げていたら、

「新しいマネージャー？　こんな若い女の子で大丈夫？」

と、結衣本人を前にして、蓮が尋ねられた。

当人がいるのに「大丈夫かどうか」を蓮に聞くとは、大胆というか、気遣いがないというか。だいたい「大丈夫」ってなにがだ⁉

「大丈夫です。俺がしっかりしてるので」

蓮の対応はそっけない。

「まあ、そうか」

なんとなくまだ文句がありそうな相手に結衣は丁寧に頭を下げる。

「星空と申します。今日一日だけの代理です」

「ああ、一日だけなんだ。ふぅん」

ふぅんって、なんだ。そのひと言のなかにけっこうな含みがあるような気がしたが、とりあえず無視。

「今回ご一緒させてもらってる俳優の大垣さんと、助監督さん」

蓮が説明してくれる。

「はい」

結衣はおとなしく、うなずく。ここ、うなずく必要があるのかどうか不明だが、結衣が知らない相手なのに「俳優の大垣さん、存じあげてます」と言うのも変な話だし、失礼だ。助監督についても同様だ。

もしかしたら違うのかもしれないけれど。「存じあげて」なくても、嘘をついて笑顔で相手を持ち上げるのが正しいのかもしれないけれど。

大垣と助監督と離れてから、結衣はこそっと蓮に聞く。

「あ……あの。もっとなんかしたほうがいいんでしょうか。マネージャーって」

「別にいい。邪魔しないでいてくれたら、それだけで」

「はい」

そして、その後は――。

ただひたすら蓮が演じているのをうっとりと眺めたのである。

蓮にはミスなんてまったくなくて、台本は頭に入っているし、立ち位置だって完璧で、リハーサルの段階ですでに「天王寺蓮だけガチで仕上がっています」という状態だ。

当然、結衣にやることはなにもない。ただ見てるだけ。

――こんないい場所で推しの演技風景を堪能できるの役得です！

スタジオでの収録で、セットはヒロインの部屋。それから会社風景。いくつかを撮りだめしてあとでつなげていくので、撮っているものだけを見ても、話の大筋は見えてこない。こんなふうにバラバラに撮っていくのに、よく、気持ちを「乗せ」られるものだなとぼんやりと眺める。

室内の気温は一定に保たれているのだが、ライトが強いせいで、けっこう暑い。

「カーット」

助監督さんの声。撮っていたシーンが終わり、蓮は、カメラ前からはけてセットの端に歩いていく。結衣は台本を持って走っていって、手渡した。

「ん。ありがとう」

結衣の顔は見ずに視線は台本に向けられている。受け取ってすぐに頁(ページ)を開き、確認する。かなり読み込んであって、端がよれている。蓮の台詞の横や、ト書き部分に、いくつか傍線が引っ張られている。

ヒロイン役の女優のもとにはメイクが走って、化粧を直してあげている。蓮は、メイクさんが来る前に、ひと目につかないようにさっとガーゼで汗を押さえる。それだけで済むのは、蓮の肌が、メイクなしでも滑らかできらきらしているから。

――こんなに近くで見ても、毛穴が、見つからないってどういうことかな。

「……化粧水とかなに使ってるんですか」

ぼそっと、声が漏れてしまった。

蓮が顔を上げた。不機嫌そうに険しい目つきだ。

はっとして謝罪する。

蓮はわりとこういうところは繊細で、ひとりで静かに役柄や、この後のことについて考えたい人間だった。収録の合間に無駄な話をすることを本来は、嫌う人だ。

――最推しなのに、なんてこった。

こんな大事な設定を忘れていたとは。さっきから物事がうまく進むから、ちょっと、浮かれてしまったようである。気を引き締めてマネージャーをしないと、蓮の好感度が上がらない。

「集中してるとこ、すみません。心の声が出ただけで、答えなくてもいいです。反省してちょっとそのへん走ってきます」

深い意味はない。文字通り、走ってこようというだけだ。

「走るってなんだよ……？」

またもや不思議そうな顔をされてしまった。

「頭を冷やさなきゃって。今後は、邪魔しないよう気をつけます。台本、どうぞ読み込んでくださいっ」

さっと手を上げ、礼をしてスタジオを出ていく。

ドアを閉じる瞬間ちらっと後を振り返った。蓮はもう台本に向き合って考え込んでいたから、この場を離れるのは正解だったようである。

――そういえばこれって好感度は見られるのかな。

ゲームだったらいくらでもパラメータの確認をできたけれど、現実になってしまっているのならもしかしたらそこは目視はできないのかも。いまのところ結衣の視界に、パラメータっぽいものは一切、見えない。バンビに聞けば教えてくれるという可能性はわずかにあるが、どうだろう。帰宅したらバンビに聞いてみよう。

そして――走ると言っても実際にテレビ局の廊下を走りまわっていたら、不審者として連れ出されるのが関の山なのだと、やっと気づいた。

「私……冷静にしているつもりでちっとも冷静じゃないよね。でも蓮に会っちゃったら仕方ないよね。突然この世界に来たわけで、いつまでいられるかもわかんないし？　いまだに夢かもなーって思ってるし」

堪能しなくちゃという気持ちと、蓮のために「自滅ルート」はあらかじめ消しておかなくちゃという気持ちのふたつがぐるんぐるんに空回っている自覚は、ある。

普通にスタジオを出て廊下を歩いて、テレビ局のなかで迷わないように気をつけつつ、自販機のある場所の確認をするに留めた。

自販機の横には、大きな観葉植物が置いてある。

すぐそこにテーブルと椅子があるのだが、先客がいて紙コップのコーヒーを飲みつつ談笑中だった。

観葉植物の横に陣どって壁に背中をつける。

事務所からもらったこれからのスケジュールをスマホで再確認する。自販機で買ってなにか飲みたいような気もしたけれど、控え室に蓋を開けた炭酸飲料があるし、あれを飲んでから考えよう。

そうしたら「でも天王寺蓮てさ」という声が耳に飛び込んできた。

顔を上げると――テーブルに座ってコーヒーを飲んでいる男性たちが話をしている。

「……でも天王寺蓮てさあ、結局は顔だけじゃない？　アイドルとしては演技派かもねってだけで、俳優としてはいまひとつだよね」

聞き捨てならない。

視界を遮る緑の葉をかきわけ、声の主を探る。

向かい合って座っている男性が三人。そのうちのふたりには見覚えがある。

――さっきの助監督と俳優じゃないの。

蓮を「いまひとつ」と言っているのは助監督のほう。

「手厳しいなあ。ま、おおむね同意だけど。どうせ来年にはいなくなってるでしょ」

対して、答えているのは大垣である。

もうひとりは誰だろう。

「そうかもね」

その、結衣がわからないでいる相手が笑って応じた。いかにも芸能人という感じで、金髪で、首から下げたのはゴールドのネックレス。高そうな白いシャツに黒いパンツ。年齢不詳で浮ついた雰囲気で、信用してはいけないオーラを漂わせた男だ。

「いやあ、すみませんね。大垣さんの出番削ることになっちゃって。どうも脚本の先生が天王寺蓮のファンみたいなんですよね。最初はこんなに出番多くなかったんですけどね」

「女性には受けるタイプだよね」

大垣がコーヒーを飲んで苦笑した。

——そういえばこんなふうに出過ぎる杭として打たれちゃう設定もあったなあ。

たしかたまたまこの場に蓮が来てしまって、うっかり聞いた蓮が自分の悪口を言っている相手に冷笑を残して去ってしまうエピソードだ。

それでしばらくドラマに出ている俳優からの嫌がらせが続いたはず。

——ゲームではモブキャラだったから名前なんてなかったけど、大垣さんっていう名前だったんだ。

しかしアイスドール天王寺蓮は批判のすべてをはね返し、輝きを増して、実力で世界に羽ばたいてハリウッドデビューし、アカデミー賞をとるのだ。

「そうなんですよねえ。女性受けいいから、使いやすいんですよね。恋愛ものだし今回のドラマ。けど、ああいう顔だけ俳優はじきに淘汰されますから」

「だよね。僕も長くやってるから、そういう人たち、たくさん見てきたよ」

大垣がえらそうにうなずいている。

――むかつく!!

どういうわけかゲームとは違い、蓮ではなく、結衣が陰口を聞くことになってしまっている。

それはそれでいいのだが――。

黙ってこの場を立ち去るか。

それとも――。

結衣はスマホを片手に足音をわざとさせて、自販機へと向かう。必要もないのに迂回して、テーブルのまわりをぐるっと歩き、飲みたくもないのに自販機のコーヒーのボタンを押した。

暑いのに、ホットコーヒー。甘いのが飲みたいけど、砂糖とミルク入りのコーヒーじゃなくブラックを押したのは、頭に血が上っていたから。

結衣の登場に、男たちはしんと静かになる。さっき挨拶したから、結衣が、蓮のマネージャーだとわかっているはず。

「見る目がないですね」

コーヒーがドリップされて紙コップのなかに溜まっていく。

機械のなかでなにをしているのかガリガリとうるさい音が鳴っている。その音に負けない大声で、聞こえよがしのひとり言だ。

「皆さん、本当に見る目がないですね。天王寺蓮の魅力がわからないなんて」

「は？」

背後で聞き返してきたこの声は——大垣だ。

蓮の出番が増えて、自分の出番が減らされたなら、そりゃあひがむのも仕方ない。

「人生を損してるだけじゃなく、この仕事に向いてないですよ。天王寺さんはいずれ世界に羽ばたく逸材なんです」

「ずいぶんな口を利くね。きみ、天王寺くんのところのマネージャーだよね？」

こっちの声は助監督。

——本当だよね。ずいぶんな口を利くな、私っていうマネージャーは。

でも自分の推しがこんな言われよう、黙っていられない。それにこれを放置したら、蓮がいずれこの陰口を聞くというイベントが発生しそう。蓮を傷つけたくないから、ここで結衣がこのイベントを解決してしまわないと。

結衣はドリップが終わった紙コップを取りだし、くるりと振り向く。

三人の男たちに向き合う。

「今回のドラマで蓮は他の皆さんに合わせて演技しているんです。彼ひとりだけが下手でも上手くてもバランスが崩れるから。相手に合わせて演技ができる頭脳派なんです。それに、よく見てればわかりますよ。天王寺蓮は、ヒロイン役の女の子――彼女がいちばんかわいらしく見える角度で映るようにって、計算して、立ち位置かえてますから。このドラマの主演は天王寺蓮じゃなく、ヒロインですもん」

結衣の言葉に、唯一、名前がわからない男性が小さく笑った。

「へえ〜、頭脳派なんだ」

「そうです。ちゃんと見てみてください。そうしたら、わかるから。そのへん、いまカメラかまえているひとと、あと全体像が見える監督さんだったら、どう撮りたいかっていうビジョンがあるから、天王寺蓮の計算に気づいてくださるんじゃないですかね。天王寺蓮は監督が撮りたい世界に寄り添って演技してます。自分が目立ちたいだけの人じゃないんです、彼」

大垣と助監督の顔が赤く染まった。いまにも怒りが爆発しそうな彼らとは別に、金髪の男が「ああ」とゆるく、うなずく。

「そうか。そうだよね。そういうのがわからないから、きみは万年、助監督なのかも」

男が言った。指摘された助監督から今度は血の気が引いていく。

「それで、大垣くんも、だから、ずーっと、エンディングにピンで名前が載らない脇役のままなのかもなあ」

本音をそのまま口にしたような言い方で、嫌みがないのが逆に胸に突き刺さったのか、大垣が泣きそうな顔になった。

「でも、マネージャーさん？　あなたは言い過ぎ」

さらに矛先が結衣へと向いた。

「私⁉」

――言い過ぎかもしれないが、とどめを刺したのはあなたですよね？

「マネージャーが自分とこの商品タレントの敵作ってどうするの？　もっとへらへら笑って受け流してなさいよ。聞かないふりして立ち去るとかさ」

ごもっとも。ぐうの音も出ないとは、このことか。

「でも自分のところの商品だからこそ、価値をアピールしてみせた側面もあるかな」

そう言われ、咄嗟に結衣は言い返す。

「商品じゃないです。人間です。それで、すごい才能がある俳優なんです！」

金髪男は目を丸くして、また、笑った。

「……いい俳優だって信じてる人間が側にいるってのは強みではある。なるほどね。もっとのびるし、使ってやってくれって僕に見事にアピールしてみせたね。強気な姿勢、嫌いじゃないよ。ただしそういう売り込みのやり口は、かわいい女の子に限る。きみ、かわいい女子でよかったね」

「それはセクハラとされて非難される言い方ですよ」

するっと言い返す。現実ではこんなこと言えなかったけど、ここは『星姫』の世界だし。

「そうだね。けどここはいまだ古い世界なんだ。口に出さないだけでみんな心ではそう思ってる。悪いね」

古い世界というのは『星姫』の世界がだろうか。それとも芸能界という業界的な体質の問題なのか。

金髪男が立ち上がって、飲み干したあとの紙コップを結衣に寄越した。捨ててくれるのが当然だよねという態度だったので、つい、受け取ってしまった。

そのまま男はすたすたと立ち去ってしまう。みんなが彼の背中を見送っていることを疑っていないのか、後ろを振り向くことなく、ひらひらと片手を振っての退場だ。何者かはわからないが、大物なのは間違いない。

「お……まえ」

大垣がけたたましい音をさせて椅子から立ち上がり、いきなり結衣の服の襟元を摑んだ。驚いて、手にしていた紙コップを落としてしまう。コーヒーが服に跳ね、紙コップが床に転がる。白いリノリウムの床をコーヒーが汚す。

「よくも佐久間さんの前で……」

ぐっと首が絞まって、苦しい。

「佐久間さんって……誰……」

かすれた声で言い返す。

「いまの、あの人だよ。知ってるだろう。プロデューサー。あの人の采配で俺みたいな端役はあっさり下ろされるし、逆のことも……」

「て……丁寧な説明をありがとうございま……」

感謝は最後まで言えなかった。

「馬鹿にしてんのかっ」

大垣が結衣の襟元を摑んだまま、がくがくと前後に揺さぶったからだ。身長差があるので引き上げられると、踵が浮いてしまう。つま先だけがかろうじて床についている。口をちゃんと閉じていないと、舌を嚙んでしまいそう。

——佐久間さんって、そんな重要人物なわけ？　ゲームにはまったく出てこなかったけど？

「佐久間さんに取り入ろうとして、わざと毒づいたんだろ。汚いな。佐久間さんが、きつい性格の女の子が好きなの業界では有名だもんな」

——だからそんな裏事情は知らないです。ゲームに出てこないことはなにひとつ知らないですってば。

「し……知らないです。私、今日、代理でマネージャーやることになっただけだから……」

おまけに、結衣は、大垣がまさかこんなに怒るなんて思っていなかった。

だってそんなシーンは『星姫』にはなかったから。モブキャラとそういうことがありましたというのが伝聞情報で与えられただけだったから。モブだけど感情があって、怒りにまかせて、結衣につっかかってくることもあるんだと──ぽかんとそんなことを思って。

そうしたら、ふいに、気がついた。

──これ、ゲームじゃない。

厳密に言うと、ゲームだけれど──転生してしまったいまの結衣にとっては、ゲームじゃない。現実だ。

そして結衣以外にとっても、現実だ。

未来がわかっているからという無敵感がずっと結衣を支配して、強気の姿勢で過ごしてきたが、結衣の知ることだけが絶対ではないのだ。モブキャラにはモブキャラの人生があって、名前があって、事情があって──結衣が放り込まれたこの世界で、みんなが生きて動きまわっているんだ。

そして、嫌なことをされたら怒りだし、結衣にこうやって力をふるったりもする。

「……大垣さんっ、乱暴はさすがに」

助監督が慌てている。割って入るでもなく、ただ立っておろおろと結衣と大垣を見ているだけ。

「わ……かってる。でも、俺はこのドラマで跳ねないと、もう田舎に帰るしかないんだよ……なのにさ、この女が」

大垣が、悔しそうに顔を歪めた。

ぎりぎりと歯を食いしばった顔が、すぐ近くだ。激情にかられての行為のようだが、さすがにそれ以上のことはできなそうで、摑んで、ぶんぶん振り回すだけで殴るまではしないらしい。

——本当に丁寧に説明をありがとう。

そこはものすごくゲームっぽい。そして大垣はモブっぽい。

だからこそ——。

「……ごめんなさい」

結衣は思わず、そうつぶやいていた。

——私、モブキャラの感情なんて考えようとしなかった。

結衣が生きてた世界では、結衣こそが世界のなかでの端役でモブみたいなものだったのに——なんでかな。

ついヒロインな思考回路に陥っていた。田舎に帰るかもしれない端役男優の悔しさとか、それゆえの意地悪とか、陰口とかにまで思い至ることができず申し訳ない。

「……な、なんだよ」

「今日、ここに来たばかりのド新人で、なにも知らないのに、カッとなって言わないでいいこと言いました。ごめんなさいっ。ただ……天王寺蓮が天才で、本物だってことだけは、本当ですから。そこは訂正しませんけど……他は……ごめんなさい。殴って気がすむなら、そうしてください」

「馬鹿にすんなよ。……謝罪されたら、殴れないだろ」

大垣がぼそっと言い返す。ふいに首を絞めていた手の力が緩み、楽になる。摑んでいた手が離れ、大垣は横を向いて、うそぶいた。

「それに……よそのマネージャー殴ったなんて言いふらされても困るし。こういうのすぐにゴシップになるからな」

「……そうですよ。週刊誌の記事になったら、謹慎ですよ。大垣さんの未来がつぶれちゃう。そろそろ休憩終わりますよ。いきましょう。ね?」

助監督がほっとしたようにそう言って、大垣の腕を摑んで引っ張っていった。こそこそと立ち去る後ろ姿は、先刻の金髪男とは違って小物感が溢れている。

結衣はぼんやりとふたりを見送った。

――なんだろ。胸が痛いな。

チリチリとするこの感情はなんだろうと考える。

ちゃんとみんな生きていて、嫌なことされたら傷つく。そして怒る。

結衣の知らないシーンで、それぞれに日々を過ごしているんだ。

当たり前のことだった。

天王寺蓮以外のキャラも、いま、結衣がいる世界では「生きて」いる。人格がある。血が通っている。過去があって、未来もある。

しかし結衣の思考はそこで中断された。

なぜなら、彼らの進行方向からやたらきらきらした人物が歩いてきたからだ。

天王寺蓮である。遠目からだってわかる。オーラが目に見えるってこういうことなのだろう。とにかく「綺麗なものがやって来る」というのが、視界で確認できてしまうのだ。

あれはまさしく太陽だ。その光によって地球生物が生まれ、生殖し、文明を育(はぐく)みだしたと言っても過言ではない。

というのは、たぶん言い過ぎだが——と、比喩が拡大していきがちな自分の脳に自主的にツッコミを入れる。

結衣が脳内でひとりでボケとツッコミをしているあいだに、大垣と助監督が蓮に小さく礼をして、避けるようにして廊下の端をこそこそと足早に歩いていった。

蓮はというとゆったりとした足どりで、結衣へと近づいてくる。

――あ、そうか。休憩が終わるってことは、私もいかないと。

落ちた紙コップを拾う。ティッシュをバッグから取りだして床のコーヒーを拭き取る。今日はウェットティッシュが大活躍だ。

そうしていたら、つかつかと歩いてきた蓮が、結衣の前にしゃがみ込んだ。

「派手にやらかしてくれたね。佐久間さんに〝きみんとこの新しいマネージャーが喧嘩を買って啖呵きってるよ。おもしろいから見てきたら〟って言われて、来た。もう終わっちゃったみたいだね」

低い声でそう言われ、顔を上げる。

鳶色の飴玉みたいに甘い色の双眸が、結衣を見つめている。

「え……」

「どうしてそうなったのか、誰がなにを言ってて、それを聞いたきみが割って入ってなんて言ったのか――全部、佐久間さん経由で教えてもらった。なんでまたそんなわざわざ波風立てるようなことするの」

「あの……ごめんなさい」

もともとのマネージャーをぽんこつ呼ばわりはできない。結衣も充分、ぽんこつなことをしでかしている。

「俺のこと〝相手に合わせて演技ができる頭脳派〟ってアピールしたんだって？　〝ヒロ

イン役の女の子がいちばんかわいらしく見える角度で映るようにって、計算して、立ち位置かえてます〟って？　今日はじめて近くで見た俺の演技だけで、よくそんなこと、言い切れるよね」

「でも――本当のことです」

「は？」

「演技派で、頭脳派で、いつもいろいろと考えて演技しているってこと――数時間だけでもわかります。天王寺蓮は本物ですから……。本当のことだから言いきってもかまわないと思いました。だってあの人たちが、天王寺さんのこと、顔だけの俳優みたいに言うから悔しくなって……」

――好感度、下げちゃったなあ。

しゅんとしおれたら、蓮が、笑った。

「星空さんて、たまに犬みたいな顔するね」

「犬？」

「最初会ったときは無表情な子だなと思ってたけど、あれって、緊張してた？　その後のきみの様子見てたら、忠実な駄犬って感じがしてきた。きみに尻尾があったら、会った瞬間からわかっちゃってたかな。きみ、実はけっこう俺のこと好きだね？」

「好き……です」

けっこうどころじゃない。ものすごく大好きです。

しかし、こんなに近くで目を合わせてささやかれると、なかなか断言するのは恥ずかしい。

蓮の手が、床を拭いていた結衣の手に重なる。無理に押しつけられるのではなく、ふわりと柔らかく乗せられた手。長い指が、結衣の手を優しく握りしめる。

「あのね、星空さん？　顔だけって言われても俺は悔しくなんてないから。少なくとも顔はいいって、誉め言葉だ。それに実際、俺の顔は特別に、いい」

つんと澄ましてそう言った。

「……はい」

ふりほどけないくらいの柔らかさで、触れあう手が、じんわりと熱い。手の甲と手のひらと指が接触しているというそれだけで、心臓がとくとくと高鳴る。

「言いたいやつには言わせておけって、思ってる」

綺麗な唇が紡ぐ、強気な言葉にぐっとくる。

「はい」

結衣を見つめたまま揺らがない宝石みたいな双眸に、心が蕩けそうになる。

「でも、ちょっとすっとした。ありがとう」

耳元で、くすぐるみたいな言い方でさらりと告げた。言葉と同時に口元がふわりとほどけ、小さく笑った。花が咲くみたいな笑顔を間近で見て、結衣はそのまま後ろに倒れてしまいそうになる。

　ふらりと揺れた結衣の身体を、蓮が腕を摑んで、腰を支えて押し止める。

「なにしてんの、星空さん」

「気を失いかけました……」

「なんで」

「天王寺さんの顔が良すぎて……」

「それは、知ってる」

　蓮が嘆息してから立ち上がった。結衣も、床に散らばる汚れたウェットティッシュと紙コップを拾って立ち上がる。

「……それから、助監督は別として、大垣さんは、いい役者だよ。俺のこと好きなら――他の人のことも認められるだけのちゃんとした鑑定眼のある人間になって。いまのきみにむやみに誉められたとしても嬉しくない」

　蓮が言った。

「あ……、はい」

　――そういうところがっ。

　好きなんだよなあと、自分のなかにある感情の甘さを結衣はゆっくりと嚙みしめた。

これこそが結衣の知るアイスドール。自分にも他人にも厳しくて、敵であっても誉めるべきところは誉めて認めてしまえる人。

「なに笑ってるの？　前言撤回。きみ、有能じゃなくて迷惑ちゃん。でもヨシくんが言ってた通りにおもしろい子だね。興味深いな。——星空さん、スタジオに戻るよ。もう喧嘩はしないでね。きみの素行が、俺の評判につながるんだから」

「はい。ごめんなさい」

蓮は「うん」とだけ告げ、くるりと背を向けた。長い足ですたすたと歩く蓮の後ろを結衣は慌てて追いかけた。

2 甘い官能は突然に

映画とドラマの仕事。合間にバラエティ番組の収録。さらに雑誌グラビアの撮影とインタビュー。ラジオ番組にゲスト出演。移動も多いから、まともに食事をとれる時間もない。

しかし、結衣は、そんなことはどうでもいいと思えるくらい〝推し充〟を堪能した。

結衣が少しでも気が利いたことをすると、毎回、誉め言葉をくれる。

——推しにこんなに誉められるなんて。

感動しきり。

食事時に収録があると控え室に弁当などが用意されているのだが、今日の蓮は多忙すぎて、スタジオ入りが毎回ぎりぎり。弁当はすでに片付けられ、先に入っているタレントとスタッフが食べ終えた空き容器がうずたかく積み上がっているだけ。

「言われてなかったら、自分の食事とか水分補給とか考慮しなかったなあ、私」

結衣はコンビニでおにぎりとサンドイッチを買って、蓮の仕事風景を眺めながら、スタジオの片隅でもそもそ食べる。蓮の分も用意してある。移動の車で後部座席で食べてもらうことにしよう。

そんなふうにして一日が過ぎていき、最後の仕事が終わったのは、なんと深夜零時をまわっていた。

蓮より先に写真撮影のスタジオを出て、駐車場から車を運転しエントランスへとまわす。ちょうどよく蓮が入り口を出て、ぼんやりと立っている。街灯に照らされて、足もとに細長い影がのびている。

すーっと横に車を寄せ、停車する。

蓮が後部座席のドアを開け、乗り込んだ。

「お疲れさまでした」

声をかけると「うん。疲れた」と、小さな声が返ってきた。

疲労を目元に滲ませて、両手を大きく広げて、ぐんにゃりと背もたれに背中を押しつける。

「いつもはもうちょっと余裕あるんだ。こんな日にいきなり仕事頼んだのに、きみがちゃんとしてくれてて、助かった。ありがとう」

「そう言っていただけて嬉しいです」

ウィンカーをあげて発進する。

後ろで蓮がくすくすと笑う。なにかおかしなことを言っただろうかとバックミラー越しに蓮を確認する。

「本当に、犬っぽいなあ。誉めると、きみ、声が弾むね」

「え……あ、そうかな」

そうかも……。

「喧嘩さえなければもっと誉めてあげられたのに、残念」

「……すみません」

これは自分でも、気落ちした声だなと自覚できる。あれがなければ好感度は上がっていただろうか。そもそもいま、蓮の自分への好感度はどれくらいなんだろう。

ちらちらとバックミラーで後部座席を見てみるが、蓮が、いま、結衣に対してどんなふうに思っているのかはさっぱり読めない。嫌ってはいなそうだが、恋愛に派生するほどに好きではない感じ。友情を展開できる程度には、結衣のことを好ましく感じてくれただろうか。

聞きたいが「私のこと好きになってくれましたか」と聞く勇気は結衣にも、ない。

だから黙って運転していた。蓮もうなにも言わない。ずいぶんと静かだなと様子を探る。車が右に曲がると、蓮の身体が振動に合わせて揺れ、斜めになった。

——もしかして、寝てる？

耳を澄ますと、規則正しい寝息が聞こえてくる。信号待ちで停車したのと同時に思いきって後ろを振り向いて身を乗りだした。

蓮は、天使の笑顔で無防備にすやすやと寝ていた。

「……本当に疲れてるんだなあ」

つぶやいて、結衣は前に向き直る。

蓮の家がどこにあるかは、聞かずとも知っている。『星姫』のなかでどれだけ蓮の住んでいる広尾(ひろお)の高級マンションに通ったかという話である。だいたいあのへんという見当はついているし、それに——。

カーナビを操作すると、自宅への道案内の画面が映し出される。音声は切って、出された地図をざっと指で辿る。

そして——結衣のヒロイン力は、どういうわけか蓮とのイベントにおいては運転能力に特化しているのだ。なんの支障もなく、実にスムーズに蓮の家に着いてしまった。

——もうちょっと蓮の寝顔、見てたかったけど。

でも車の座席での睡眠を長引かせるのは、蓮のためにはならない。ちゃんと自宅のベッドで寝て欲しい。身体が資本の仕事だというのは、今日だけでしっかりわかった。蓮にとっては、休養するのも、仕事のひとつ。

「天王寺さん、着きましたよ」

声をかけても起きないから、眠る蓮の膝に手をかけ、そっと揺すぶった。

「ん……？　んん。あれ、俺、寝てたね。悪い。うちがどこか教えてなかった……」

「カーナビに入ってたから、聞かなくても大丈夫でした」

「そう」

「この車、天王寺さんのじゃなくて、事務所のですよね。事務所とはヨシくん経由で連絡ついてて、竜ヶ崎さんのところに預けてくださいって言われたので、このあと、マンションに直行します。そこから、うちは近いんで」

指示が来たときに、またもや「ヨシくん、何者!?」とは思ったが……。

「そう。――次もきみにマネージャー頼むことはできるの？」

「難しいですね。私、平日は会社勤めなので」

商社勤めなのだ。商社でどんな仕事をしているのか、現時点での結衣は、よくわかってないという問題については、目をつぶる。

――今日なにをするかはわかってるのに、月曜以降の自分の日常がまったくわからん。

途方に暮れたが、それは蓮にはまったく関係のないことなので、言う必要はない。

「わかった。じゃあ。また」

「はい。また」

蓮の姿がマンションのなかに入るのを見届け、結衣は、車を置きに駐車場へ向かった。

そして――結衣の家である。

夢みたいな一日だったなあと思いながら帰宅する。

車を預けるようにと言われた竜ヶ崎のところにいくと、車を回収しに来たバンビが待っていて「ヨシくんと話はついてるから、あとはやっとくね」と、結衣を乗せてうちまで送ってくれたのも、夢っぽい。

――竜ヶ崎さんには会えないままだったの、ちょっと惜しいな。

もちろん結衣は天王寺蓮一択だが、竜ヶ崎義彦もかなりのイケメンだったので。『星姫』から飛び出てきた竜ヶ崎義彦を見てみたい気持ちはある。

「……これ、この世界で寝て起きたら、現実に戻っちゃったりして」

だったらまだ目覚めたくない。もうしばらくこのままでと願いながら、化粧を落とし、襟元がのびた普段使いのTシャツとスウェットに着替える。

と――。

チャイムが鳴った。

もしかしてバンビが鍵を忘れていったのかもとインタフォンに出る。

しかし予想に反して、モニタに映っているのは——天王寺蓮だった。

「天王寺さん……なんで⁉」

「今日のぶんのバイト代を払いに来た。きみの住所はヨシくんに聞いたら、わかるから」

「いや、はい。あれ……」

なにを言えばいいかわからなくて混乱する。

マネージャーをやったあとにアルバイト料を蓮が自ら持ってくるなんて、『星姫』でそんなイベントなかったはず。

「入れてくれないの？」

インタフォンのモニタ越しだとだいたいの人間は不細工になるはずなのに、天王寺蓮は白黒で顔がドアップになるモニタですら、かっこいいし美しい。

「待ってください。いま開けます」

慌てて鍵を開ける。蓮は普通の顔で靴を玄関で脱ぎ、部屋へと入ってくる。給与を玄関先で手渡しではないのか。

「あの……あ！　お茶いれますか。お茶」

台所に向かう途中で自分のだらしない格好に気づく。化粧も落とした素顔をさらして、こんなよれよれのシャツで、ノーブラじゃないか。最悪最低。こんな隠しイベントあるなんて聞いてない。

「よけいなことはしなくていいし、気は遣わないで。深夜に押しかけた自覚あるから。ただ、きみに興味が湧いて、もう一回、会いたいと思っただけだから」

「え……」

「おかまいなく。ルームシェアをしてて、その同居人が留守っていうのも聞いてる。きみの部屋はあっちの、あのドアの向こう？」

「え。そうですけど、なんでわかるんですか」

「もうひとつのドアには『バンビの部屋』って表札がかかってるから。きみ、バンビって感じじゃないし」

　とにかく動きが速い。部屋のチェックも早い。

「入るよ」

　そう言ったときには先に結衣の部屋のドアを開けている。こんなこと、蓮が相手じゃなかったらぶち切れて後ろから尻にタイキックをかましているところだ。

「やめてください。女の子の部屋になにも言わずに入るとかっ、そういうのっ」

　しかも部屋の書棚には天王寺蓮のファースト写真集が三冊あります。愛でる用。保存用。普及用。天王寺蓮の載った雑誌は積み上がっているし、よく見てみれば「きみ、俺のこと相当好きだね」って蓮にしみじみ言われるだろうものがたくさん詰まっている部屋で。

　しかし蓮は結衣の部屋に入って、ドアを閉めると、結衣と向き合い真顔で言った。

「あのね、実は役作りに悩んでて」

「役作り……ですか」

「俺のまわりにきみくらいの年代の女性がいないから、参考になる意見をもらえなくて。帰りの車で聞ければよかったんだけど、俺が寝ちゃったから聞きそびれてて」

「はい。ああ。なるほど」

アルバイト料を手渡しで払いに来たより、そっちのほうが蓮っぽい。芝居に対して真面目な人だから。アイドルよりモデルより、俳優が一番好きで、蓮には合っている。

蓮は真顔で結衣の手を握り、顔を覗きこんでささやいた。

「女の子とのキスシーンが上手くできない。練習させてくれる？」

「はい？」

どうやら蓮は、結衣の返事はどうであってもキスをするつもりだったのだろう。言われていることが頭のなかにちゃんと根を張る間もなく、もう、蓮は、結衣の身体を抱きしめている。

唇が、結衣の唇に触れる。

動揺で小さく「え」と口を開いたその瞬間に、蓮の舌が結衣の口中に忍び込む。唇って柔らかくて、口のなかって無防備な空間なんだなってわかるようなキス。優しいものが触れている。そして敏感な箇所を舌が探っていく。

舌と舌をからめるなんて、別に。

そんな原始的な行為に快感なんて、あるわけがないのよ。

なんて思っていたのに——蓮の舌が口腔を辿って、舌先をちゅっと小さく吸うと、それだけで全身の力がふわあっと抜けていってしまいそうになる。膝から下の力が抜ける。

「んん……っ」

蓮の手が結衣の背中を支えている。

抱擁された腕のなかで、ただでさえ貧弱な結衣の胸がぺしゃんこにつぶれている。蓮の胸のあたりと重なりあって。ぎゅうっと蓮が抱きしめるから、その度に密着していって。

シャツだけで下着をつけていない乳首が、ぎゅっと擦れて、焦れたような甘い感覚が胸元から湧いて下腹へとつながっていく。

ちゃんと目を開けて蓮の顔が見たいのに、とろりとまぶたが閉じていく。

——キスが、上手い。

上手い下手ってあるのかな。どうなのかな。ぼーっと思うけど、連にされるキスは丁寧で、感じやすい箇所を舌がくすぐっていって蕩けそうに心地がいい。

唇や舌だけじゃなくて、抱きしめてくる身体の体温とか、結衣の顔を支え、触れてくる指の動きとか。

「ちょっ……と、や……天王寺さん……これキスじゃない」

「キスだよ」

角度を変えて、何度もくちづける。唇の端をそっと舐めたり、ついばんだり。唇だけではなく、こめかみや、まぶたにもキスを落とす。耳朶に吐息を感じ、きゅっと首をすくめる。耳を柔らかく噛んで、耳殻を舌でくすぐられ――腰のあたりまでじわりと甘く痺れた。

美味しいものを丁寧に味わうみたいにして、結衣のあちこちにキスをする。そうされると、結衣の理性も身体もどんどん蕩けていく。

――キスってこんなだったっけ?

たいして経験値の高くない自分の前世を思いだす。そりゃあ、そのときどきに好きだった相手とのキスだから、ときめいたし、嬉しかった。

でもこんなに〝感じさせて〟くれるキスは、はじめてだ。

キスに点数をつけるのは失礼だが、これは百点を超えた百万点。なんならこのまま昇天しそうだ。キスで感じてしまって、ときめいて死にそう。その場合、結衣の死因は「推しのキスがすごすぎて」になる。恥ずかしいのでそれは避けたい。

「キスって、だって、こんなふうにしない……でしょ……。女の子とのキスシーンの練習って……天王寺さんこういう役、引き受けてない……じゃない……ですか」

エロティックなシーンのあるドラマや映画を蓮が引き受けたっていうこと?

そんなの知らない。『星姫』での蓮の俳優業は、キスシーンはたしかにあったが、濡れ場は無縁だったはず。

蓮の胸に手を置いて、押しのけようとした。互いの身体にわずかの隙間ができて、そうしたら、蓮の手が結衣の胸へと滑り込んだ。

襟のよれた薄いシャツの胸元を蓮の手がゆっくりと撫でていく。すくい上げて、丸く揉みあげる。たいして重量のない貧乳なのに、蓮の手のなかでたわんで形を変える乳房は見下ろすと陵辱的で、いやらしい。好きな男に触れられていると、身体が勝手に悦んでしまう。

蓮がシャツの裾の下から手を差し入れて、結衣の胸元を撫でる。蓮の手の動きに、結衣は甘い戦慄を覚えた。

自分でも制御できないくらい、びくびくと全身が震える。

「……っ、や」

「いや？　だけど乳首、固くなってる。こんなふうにコリコリして、いじるだけじゃなく舐めてって言われてる感じ」

いい声でそういうエロい台詞を言わないで欲しい。

「ど……どういうエロゲーなんですかっ、それ」

——いや、これはエロゲーだった。

自分はエロゲーの世界に転生したんだ。なるほど。この急展開も、この異様なほど敏感な身体も、そういうことか。

「エロゲーって？」

と言いながら蓮は結衣のシャツを脱がせにかかるのだ。下から上に脱がせて、胸元に唇を寄せる。なんでこんな襟ののびたシャツを着てしまっていたのか。あまりにも脱がせやすいシャツだ。

露わになった結衣の胸を蓮がやんわりと揉みしだく。

「ん……っ、やだ……」

「いやって言われると、もっとしたくなる」

指で乳暈を柔らかく触りながら、そこに吸いついた。

弄られた乳首がぴんと固く尖る。芯を持ったそこをきゅっと吸われて、知らなかった快感が胸から下腹におりていった。重たくて甘い蜜がとろとろと身体の内側を流れていくみたいだった。心地よくて、甘くて、足のあいだがやけに無防備になった気がして、きゅっと足を強く閉じる。

そうするとよけいにふとももの奥が気持ちよくなって、内側からとろりと蜜が零れた。がくがくと足が震えている。立っていられなくて、蓮にしがみつく。

「感じてる顔、かわいいね」

蓮が薄く笑って、結衣の身体を抱え上げそのままベッドへと運び、結衣を横たえる。

結衣が穿いていた味けのないスウェットをゆっくりと引きずりおろす。布が肌に擦れる。脱がしながら、結衣の脇腹や、腰骨、太ももの内側に舌と指を這わせる。くすぐるようなその触れ方が、気持ちよすぎて、つま先がきゅっとのびた。

まっすぐにのばしてしまった足からスウェットを引き剝がし、床に落とす。片足を抱え、大きく足を開かせられる。

――パンティだけは高いやつ、穿いてたっけ。

絹の白い下着。どういうわけか結衣の手持ちの下着は絹もしくはレースで、すごく高価なもので。

でも、それは当たり前なのかもしれない。結衣はいつでも勝負下着を身につけていなくてはならない運命だ。どこであっても、いきなりセックスにまつわるイベントが起こり得る。

そして結衣は――結衣の身体は、その快感に抗えないようにできている。

胸を弄られただけなのに、下着のクロッチ部分がぐっしょりと濡れて、そこだけ色が濃くなっている。それを見られるのが、恥ずかしい。

「見……ちゃ、駄目っ」

思わずそこを隠そうとしたけれど、片手で封じられる。足を閉じようとして力を入れると、逆に身体の奥の疼きを自覚してしまって、困惑する。

「見ないで欲しいの？」

低く問われ、こくりとうなずく。羞恥と快感がない交ぜになって、どうしていいかわからない。

「じゃあ見ない。だけど、弄らせて」

「あ……」

抱えられていた片足が下ろされた。

そのかわり今度は結衣は足を閉じさせられ、下着を脱がせずに、クロッチの横から蓮の指が差し入れられた。指が結衣の敏感なそこに触れる。くちゅりといやらしい音が鳴った。溢れる蜜を指で弄び、亀裂を上下に何度も擦るようにしてなぞっていく。

足を閉じることで、蓮の指の感触がより強くなる。あの綺麗な指が結衣の恥ずかしい部分をなぞり上げているのだ。

「……は……ぁ……」

蓮は結衣の亀裂と、蜜に濡れた花芯を愛撫する。そうしながら乳首にくちづけ、唇で扱く。舌先でねぶるようにして乳首を押しこまれ、口で愛されると、自然と結衣の腰が揺れはじめる。

「きみ……いい匂いがする」

「な……に？　いい匂いって……」

「なんだろうね。最初に会ったときから、そう思ってた。いい匂いがする。これがフェロモンとかいうやつなのかな。いままで誰にもこんなこと思ったことなかったのに――欲しくなった」

「欲しいって……」

「甘くて、いい匂いがする。他の人にも聞いてみたけど、俺とヨシくんだけみたいだね、きみの匂いに反応するの」

「ヨシ……くん？」

「ちょっとおもしろい子だよってヨシくんが言っててさ。〝甘い匂いがするんだよなあ、あの子〟って。〝匂いにつられて押し倒したら駄目だよ〟って、実は言われてた」

「……なに……それ」

「ヨシくんに言われたときはなに言ってるのかわかんなかったけど、会ったら、本当にきみからいい匂いがしたから」

匂いってなんだろう。それは『星姫』にまつわることだろうか。ヨシくんも攻略キャラで、蓮もそうだから――もしかしたら結衣には、攻略キャラにのみ作用するフェロモンという特殊スキルが搭載されているのか？

「最初に見たときから、その場に押し倒してやっちゃいたいって思って――こんなの、はじめてだ。変な薬でも仕込んでる？」

「そんなこと……してな……い」

エロゲーの主人公、妙にもてすぎると思っていたが。

創造神が主人公にフェロモンをつけ加えていたのなら納得だ。フェロモンだけでは攻略はできないし、相応の対応をしないとみんなの好感度は上がらないのだとしても。

「なにもしてないのに、そうなの？　……きみ、感じれば感じるほど、甘くていい匂いが強くなってきてる。これ、癖になりそうだな」

蓮が結衣の足に、固くなった下半身を押しつけた。

「結衣。結衣も俺に触って。勃っちゃって、きつい。脱がせて」

つらそうな顔でいきなり「結衣」と名前を呼ばれて――。

胸がとくんと大きく鳴った。

身体だけじゃなく、心まで疼く。

「え……あ……の」

ためらっていると、蓮が小さく笑った。

「男の服、脱がせ慣れてないの？」

こくりとうなずくと、また、笑った。

「そんな初心なのに、こんなに感じやすくてやらしい身体してるんだ。参ったな。――俺、きみの匂いに溺れそう。おかしくなる」

おかしくなっているのは、結衣だってとっくにだ。

ちゅっと音をさせて、蓮が結衣の首筋にくちづける。身体が火照って、輪郭がほどけて曖昧になっていくような変な心地がする。

「こ……んなの」

知らない、と結衣は思った。

自分の手でしたことはあったし、彼氏もいたから、相応にエロイことはした記憶があるのに。

こんなふうにキスと、乳房を揉まれただけで、ふわっと快感に攫われてしまうような感覚はいままでなくて。

——さすがエロゲー……。

尋常ならざる感度の女子になって転生してしまった。しかも相手はとんでもないテクニシャンで失神もののセックスばかりしかけてくるわけだ。

アニメやゲームで乙女ゲームに転生していた人たちは、そこそこ政治的な努力とかしていたけど、エロゲーに転生してしまった女性はじゃあなにをしたらいいの？　感じない身体を持つように努力すべきだったの？　もう無理だけど。

無理だけど——。

胸と身体の奥とが快感の糸でひとつにつながっていく。蓮は結衣の身体のどこにどう触れれば感じるのかを、試す前からわかっていたみたいだ。そのうえでさらに、結衣の身体を悦ばせるための場所や、鳴かせ方を知ろうとしている。

探るように触れて、感じているのを確認し、今度は何度もそこを弄りまわす。愛し、撫でる。しつこいくらいにくり返し、もっと欲しいと感じさせたところで、指を止める。わざとはぐらかして、イかせてくれない。

「あ……あっ、ん」

結衣は指だけで追い立てられて、甘い喘ぎが勝手に唇から零れてしまう。いいところを擦られたくて、指の動きに合わせて上下に腰を揺らす。甘い痺れが奥を震わせているのに、欲しいものが与えられていないようで、焦れったい。充分に気持ちがよくて、頭が真っ白になっているのに——もっとすごい快感があるのを、結衣の身体はどうしてか知っているし、待ちわびている。

——入れて、欲しい。

柔らかく濡れた亀裂をぬるぬると辿るだけではなくて、指をその奥に。

弄ばれてぷっくりと膨らんだ陰核ももっとたくさん擦って欲しい。

乳首を甘く噛んで舌で苛められながら、淫らな音をさせる内襞を優しく愛されたい。指を増やして。そしてそこにもキスして。舌で舐めて。べとべとに濡らして。

汗が滲んで、喘ぎ声が零れる。

「や……やだ……指……そこ……しないで……。触らないで……もぅ」

そんなふうにしないでと訴える声が、蕩けだして甘い。呂律がまわらなくて、ちゃんと言葉になっていなくて。しないでと訴えているのに、声も、身体も、もっとしてとねだっている。

「うん。きみ、感じてる顔がすごくかわいい。だから、顔を見せて」

「え……やだぁ」

両手で顔を覆うと、

「顔を見せてくれないなら、違うところを見るしかないよね」

意地悪な声がそう返ってきて、蓮の視線は結衣の下腹部へと移動する。

「そこも……や」

「嫌なはずないでしょう？　こんなに濡らして……自分から俺の指にあそこ押しつけてきて腰振ってるのに」

言いながら指で結衣の陰核をくりくりと刺激する。ふるりと腰が震え、下腹がうねる。

「いやらしい……って言わないで……」

「誉めてるのに」

「それ……誉め言葉じゃない」

「じゃあなんて言えばいいの？」

「なんにも……言わないで………声、良すぎるから。その声で、そういうこと言わないで」

耳元で、ささやかれたら、それだけで溶けていく。

「わかった。なにも言わない。話すかわり、キスをする」

「あ……」

——キス。どこにしてくれるの？

心が期待した。声と身体が跳ねた。朦朧とした頭で、自分のいやらしい声を聞いた。

蓮の唇が結衣の乳首をついばむ。気持ちよすぎて、たまらなくなって、蓮の身体にしがみつく。自分の上にのしかかる男の重さが心地よい。そういえば結衣だけが下着一枚になって、蓮はずっと衣服を身につけたままだ。

「ん……っ、ふ………」

身体をずらし、蓮の唇がおりていく。舌のぬるい感触と指で弄ばれて、結衣の感じやすいところが固く、しこる。乳首。それから陰核。

クロッチの脇から差し入れて結衣をいたぶっていた指。結衣の淫水が、下着とその指をべたべたに濡らしている。

くちゅくちゅという音をさせて秘所を探っていた蓮の指が、動きを止めた。下着の奥から引き抜かれた指を追いかけて、結衣の下腹が淫らに揺れる。

蓮の唇が下腹に触れた。

蓮は、結衣の太ももの内側に手を置いて、ゆっくりと開かせる。

「――あ」

白い絹の下着がはしたないくらいに濡れている。隙間に指を入れてかき乱されたせいでクロッチの部分が細い紐みたいになって、ねじれていた。亀裂に食い込むようになってしまった布と、それに包まれた自身の性器がやけに淫猥だ。

蓮が、結衣に見せつけるように、顔を寄せ、そこにキスをする。舌を出し、結衣の垂らした蜜を舐めとる。綺麗な顔の男は、そんな卑猥なことをしてみせてもどこか上品で、自分だけが獣に堕ちたみたいな気がして、泣きたくなる。

蓮の指が結衣の蜜壺へと埋め込まれる。

入り口をくるりとなぞってゆっくりと押し広げながら、興奮で膨れた陰核を舌で味わう。内側と外側の感じる箇所を同時に刺激され、結衣の腰がひくりと跳ねた。

「あ……っ、あん」

突き上げるようにして腰を蠢かせ、蓮の舌と指とで乱される。快感が全身に伝わって、つま先がぴんとのびた。

内襞が収縮し、蓮の指を包み込む。

びくびくと太ももが痙攣する。

頭の芯がふわっと白く灼き切れたみたいになった。

恥ずかしいのに――気持ちが、よくて。

全身が汗ばんでいる。内側に蓮の指を感じたまま、イってしまって、唇を噛みしめる。

「……も、う……」

吐息を漏らし喘ぐと、

「イっちゃった？」

と蓮が聞いた。

結衣は素直にうなずいた。

こんな痴態を見せてしまって、嘘なんてつけない。口でどう否定してみても身体は淫らにうねっている。

蓮の指がゆっくりと引き抜かれた。そのまま蜜で濡れた指を結衣の下着のウエスト部分に引っかけて、するりと脱がせる。快感でぼうっとなった身体の力が抜けて、結衣は、蓮にされるがままだ。

「きみのなか、きついね。指入れただけで、わかる。感度良すぎて、すぐに濡れるし、気持ちいいところを触ったら、もっとそこを弄ってって、内側で俺の指をぎゅうぎゅう締めつけてくる。奥のほう、ざらざらしてるの――あんまり他の人に触られてないんだろうね」

「……っ。そういうこと……言わないでください……」

「もしかして――はじめて？」

問われ、結衣は焦点の定まらない目で、蓮を見返す。充分以上に恥ずかしいのに、さらにそんなことまで聞かないでと思う。

「知りません……っ」

たぶん、〝この〟結衣は、はじめてのはず。

キスすら知らないまっさらな身体で、いろんなヒーローたちに気持ちのいいことをされて翻弄されるキャラだ。

でも〝本来の〟結衣は、はじめてじゃない。他の人との経験はあった。あったけれど、ここまで気持ちがいい体験ははじめてだ。指だけでイかされて意識が飛びかけている。

どう言えばいいかわからなくて、そっぽを向くと、蓮が小さく笑った。

照れているとか、拗ねているとか、そういうふうに受け取ってくれたようである。

「自分のことなのに知らないの？」

「……はい」

おかしな話だ。

「いいよ。それで。――じゃあ優しくする。優しくて、気持ちいいことだけ、する」

蓮は起き上がり、結衣の身体を挟むようにして、膝立ちで、シャツを脱ぎはじめる。ボタンを外す指が部屋の明かりに照らされて鈍く光る。指と爪を濡らしているのは、結衣の愛液だと思うと、恥ずかしいのに、愛おしいような変な気持ちにとらわれる。

蓮の唇も濡れて光っている。ふたりの唾液と結衣の蜜で。

鳶色の双眸の奥に灯されているのは雄の欲望。

脱ぎ捨てたシャツを片手で床に落とし、ボトムのボタンも外す。下着の布を蓮の屹立が押し上げて、ボクサーパンツのウエストから濡れた先端がはみ出ている。下着とボトムとを一気に引き下ろすと、下腹にある茂みは暗い金色で、押さえつけられていた男性器が、跳ねた。

「……あ」

結衣の唇から声が零れる。

――エロゲーだったけど、この部分は修正でぼかされていたから。

蓮の股間のそれについて考えていたけれど、ちゃんと想像したことは実はなかったのだ。しなやかな筋肉のついた胸や腹。長い手足。蓮の裸は、顔同様に美しくて、神さまに愛されて作られたんだなと思わせるもの。

でも、股間にある長くて太いそれは、猛々しくて、蓮の顔とは似つかわしくないくらいどう見ても〝雄〟そのもの。

「ねだるような顔して、俺のもん見てる」

蓮が薄く笑って、結衣に見せつけるようにして自身を軽く扱く。

言い返したけれど、違わないのかもしれない。蓮の屹立を結衣のなかに感じたくて、内襞がぎゅうっと窄まっていくのがわかる。じわりとまた蜜が零れだし、シーツを濡らす。

「ち……違っ……」

さっきイったばかりで、身体がさらに敏感になっている。軽く触れられるだけで肌が、悦ぶ。どこを触れられても、悦楽が全身を蕩かす。じわじわと波紋みたいになって、快感が最奥へと集まる。内側がひくついて、下腹がうねる。

先走りの液で先端が濡れているそれを見るだけで、こくりと喉が鳴った。

とろんと思考が溶けて麻痺する。あんな凶悪なものに身体を貫かれて、奥を突かれたらどうなるのだろうと思うと、陰核がじんじんと疼く。内側を擦られて、揺すぶられたい。感じやすくなって膨らんだ秘珠を指で弄られながら、奥を刺激されたら、きっと、さっきよりもっと気持ちがよくなって——。

蓮の手が結衣の太ももに触れる。そのまま足を抱え上げるようにして開かせ、のしかかる。屹立に片手を添え、濡れた秘所が楔に穿たれる。

体重がかかり、狭いその部分が、蓮の形に開かれる。太くて固いそれが、結衣のなかに入ってくる。

折り畳まれた膝が、胸につく。

胸が苦しい。

「……あっ、んんっ」

激痛が身体を押し開き、結衣は口を薄く開き、息をする。吸って、吐いて。いままで当たり前のようにしていた呼吸の仕方を忘れてしまったみたい。おかしな格好で、連の下敷きになって、滲む汗で肌がべとべとになっている。

見上げると、蓮が気むずかしげな顔で結衣を見つめている。

こんなに美しい男が、すぐ側にいる。裸で、触れあっている。結衣の身体に欲情して、勃起して、先を濡らして。

痛みと同時に愛おしさが胸に滲んだ。自然に涙が浮かび、結衣の目からほろりと零れ、頬を伝ってシーツへと落ちていく。

「結衣、力、抜いて。結衣のなか、きつい」

蓮が結衣の髪を撫でる。

力を抜けと言われても、どうしたらいいのかわからない。呼吸の仕方すら忘れかけているくらいだ。自分のなかに刻まれた蓮の屹立が熱くて、それしか考えられなくなっている。

蓮が、ふたりの体液がまじりあってぐちゃぐちゃに濡れた隘路に手をのばす。互いの境目もなくなって、ひとつに、つながっている。

「……ふぁ……あ」

蓮に敏感になっている陰核を柔らかく撫でられ、声が漏れた。心地よい波が奥に湧き、小さく身体が震える。

弄られる快感と苦痛とがない交ぜになる。ひくりと喉が鳴り、結衣は蓮の金色の髪に手をのばす。

「痛い？」

「ん……痛い……」

気遣うようにささやかれ、ついでのように耳朶を甘く噛まれた。

「少し我慢して。いちばん太いところが入るから」

説明されなくても、結衣は、すごく太いそれが自分の内襞をぐりぐりと捲っていくのを感じている。

「……は……ぁ……」

いまだ誰も引き入れたことのない秘密のその場所が、蓮を受け入れ、開かれていく。狭くてきつい処女のそこは、けれど慎ましくはなくて——蓮の太い楔に穿たれるのが嬉しくてならないのだ。

「……んぁ……おっきい……」

他の言葉が思いつかない。自分のなかが蓮でいっぱいになっている。屹立に抉られて広がる膣が、なんだか熱い。処女膜を破られた痛みは、熱となって内側でじんじんと痺れている。苦痛だけじゃなく、熱は、じんわりと快感へと変わっていく。

舌で耳殻を嬲り、蓮が「おっきい？　なんかエロい言い方してる」と笑った。

――本当だ。エロい言い方で、ちょっと陳腐で。

けれどそれしか頭に浮かばない。それだけが身体に刻まれている。

気持ちがよすぎて、おかしくなってしまう。

「うん……。おっきぃのが……私のなか……いっぱい……」

蓮が、ぐっと腰を押しすすめる。結衣は、蓮を自分へと引き寄せるようにして、強くしがみつく。蓮は結衣の胸元に顔を埋め、くちづける。舌を這わせ、音をさせて乳房に吸いつき、乳首を舐める。

「……あ……や……胸……そんなことしちゃ」

固く尖った胸の粒を唇であやされ、陰核を指でくりくりと擦りながら、屹立で奥襞を擦る。そんなふうにあちこちを弄ばれ、頭の芯がぼうっと蕩けていく。さっき弄られて達したばかりで、どこもかしこも感じやすいのに、蓮は手加減をしてくれない。

「されるの好きでしょ？　奥のここも……擦られると感じる」

蓮が結衣の腰に手を当て、持ち上げた。角度を変えて長い屹立で結衣の内側を擦る。内襞が欲望にからみつき、くり返される律動に愛液が滴り落ちる。ゆっくりとたしかめるようにして腰を使うその動きに、結衣の内奥がひくひくと蠢いた。

「あ」

痛みを超えるくらいに、強く感じる箇所がある。そこを何度も蓮の欲望が刺激するから、奥のほうで自分の理性がばらばらに壊されていく。

溶かされていくのとはまた違う快感だった。

なにもかもを一旦ねじきって壊されていく。

そしてただ、快感だけを求める身体に作りかえられてしまう。

閃光みたいに悦楽が身体を貫いて――。

「……うん……気持ち、いい…………もっと……そこ、突いて……」

気づけば結衣はそんなふうに口走っていた。

自分からねだるように腰を動かす。いつのまにそうしていたかもわからず、足を、蓮の腰にまわして挟み込んでいる。

「どうしようかな……」

ふいに腰を止めて、蓮が焦らすようにして言った。

「どうしよう……かなって……ど……して？」

「結衣がかわいいから苛めたくなってきた。結衣の奥、降りてきてるよね。女の人って、イっちゃうと膣の入り口の位置が変わる。で――そこをこうやって擦ると」

ずんっと奥まで蓮の欲望を突き入れる。

「──あっ……ん」

唇を噛みしめてみても、嬌声が零れる。

「気持ちいいでしょ？」

「……うん」

「けどここを、この角度でされるのも、結衣は好きみたいだね」

今度は角度を変えて、突き上げるみたいにして内襞を小刻みに揺らす。陰核のある箇所のその真裏に当たる箇所をぐりぐりと蓮の欲望で擦られると、気持ちがよすぎて、身悶えてしまう。

「……ん……」

感じすぎてさっきから蜜が零れて、じゅぷじゅぷと音をさせている。

「なかも柔らかくなって、さっきから俺に貼りついてる。はじめてなのに、俺のこれが欲しくて欲しくてたまんないって身体が言ってるの、本当、かわいすぎ」

「う……ん。欲しくて……たまんない……欲しい」

喘ぎながら返すと、蓮が結衣の腰を支えたまま、その上半身を引き上げる。胡座をかいて、つながったまま、対面座位へと体位を変える。

「結衣、感じれば感じるほど、甘い匂いが強くなる……。ひょっとして、発情すると強くなるのかな。動物みたい」

「動物……？」

「うん。この匂い、俺だけのものだから他の男には身体を触れさせちゃ駄目だよ」

「ん……匂い……って」

ふと、結衣の鼻腔をくすぐる。

言われてみれば——蓮の肌からも甘い匂いがする。蓮がつけている香水なのだろうか。それともこれもまた『星姫』世界のフェロモンの香りなのだろうか。ひどく惹きつけられるし、結衣の感覚を過敏にさせる香り。

互いの熱が上昇するにつれて甘い匂いが濃くなっていく。

汗ばむ肌をぴたりと合わせて腰を揺らし、結衣のいいところを刺激する蓮の表情はとても生真面目で——その分、ひどく愛らしい。

視覚も快感に連動する感覚だ。蓮に抱かれているのだと思うと、全身がおののいた。深いところがきゅっと収縮し、蓮の楔を強く引き絞る。

「……んっ」

——やだ。さっき、イったばかりなのに。

蓮のものが自分のなかにあると思うと全身に悦楽の衝撃が走り抜けていく。

快感の、深いところに連れていかれそうで、結衣は思わず怖くなってしがみつく。陰核を弄られて得たのとは桁違いの強い悦楽が結衣の身体を堕とそうとしている。

蓮が結衣にくちづける。上も下もからみあって、つながって——どちらからも快感がこみ上げてきて——。

ひくりと全身がしなった。

ずんっと強い力で突き上げられ、子宮口を先端で擦られ、結衣の目から涙が零れる。喘ぎ声が勝手に溢れ、唇は薄く開いたまま。がくがくと震える身体はともすれば快感から逃げようとする。それを蓮が抱きしめ、容赦なく穿つ。気持ちよすぎて死にそうで、頭のなかは真っ白を通り越して虹色で、なにがなんだかわからない。

「あ……イく……イっちゃう……蓮のでイっちゃうよぉ…………」

零れ落ちた自分の声を、他人のものみたいな気持ちでぼんやりと聞く。

——『星姫』で、そういえばこんな台詞あったっけ。

台詞だけなら失笑ものだったけれど……実際にそれを体感してみたら、他の言葉なんて出てこない。蓮の屹立でイかされる。奥まで届く長くて太くて固い蓮の楔で、内襞の感じるところすべてぐりぐりと擦られ、丹念に悦いところを炙りだされて。

蓮の精子を欲しがるみたいに内側がひくひくと蠢いた。

自分の身体じゃないみたいで狼狽える。こんなに激しいセックスは、はじめてだ。こんなに感じるセックスも。自分がここまで淫らに喘ぐなんて知らなかった。内側で男の形を感じるなんて幻想だと思っていた。

「なかに出すよ」

低い声で蓮がささやき、結衣は「ん……」と小さくうなずいた。

「……んんっ、あっ」

蓮の熱が結衣の最奥で弾ける。

ぶるっと一瞬だけ蓮が身体を震わせ、結衣を抱きしめてそのまま脱力したようになり、小さく息を吐いた。

「結衣、ごめん……。我慢できなくて出しちゃった」

蓮が結衣の髪を撫で、ささやく。

「うん」

「きみ、はじめてだったんだね」

蓮が身体を離すと結衣の蜜と蓮の白濁に混じって破瓜の血が赤くシーツを濡らす。

まだ結衣の全身は快感にとらわれていて、なにをされても、肌がざわめく。結衣の返事は、だからどこか甘やかで、とろりと溶けている。

「……うん」

「結衣、いきなりだけど結婚しよう」

さらりと蓮がとんでもないことを言う。

「え……？」

ざーっと音を立てて血の気が引いた。

なにを言っているのだこのイケメン俳優は!?

いま結婚なんてしたら芸能人として傷になるだろう。数多の女性ファンがどれだけ泣くか。

——こんな展開、ゲームにあった?

ない。

エロゲーだからなにがなんでもセックスにもつれ込む。たしか、蓮とは出会って三回目くらいでキスがあってそのままセックスをして——結衣は「蓮のでイっちゃう」という台詞も言っていたはずだった。

そんなこと普通言うかねと、ゲームをしながら思っていた。エロゲーだからこその台詞だと思っていたのを、さっき、自分は無意識に口走っていた。そのうえで、ああいうきわどい台詞を自ら言ったことで身体が昂ぶって、より気持ちよくなってしまったと思い返す。

いや、そこは思い返さなくて、いい。

「私たち、今日会ったばかりだよ……」

「正確には昨日。零時をまわってるから二日分、きみのことを知ってる」

「だけど二日だけだよ……たった二日で私のなにがわかるの……?」

「恋愛って、なにかがわかったから、するもの? 違うでしょう。気づいたら好きになって、好きになったらキスしたりそれ以外のこともしたくなるし――他の男に渡したくないし、俺の側で幸せになって欲しいって感じたらプロポーズする。違う？」

「違……わないかも……しれない」

わからない。が、なにかがわかったから結婚するなどということは『星姫』世界にはない。好きになったら即座に落とす。セックスする。気持ちいいことをして、その後はすれ違うこともあればそのままストレートに、互いに気持ちが成就して結婚に至ることもあり――。

夢みたいだ。

もしかしたら寝て起きたら現実に戻って「すごい夢だったな」って苦い気持ちになるのかもとまだ心のどこかで疑っている。

――だけど相手は天王寺蓮なのよ。

このアイスドールとの恋が叶ったら、世界は破滅するのだ。蓮は、そういう宿命を背負っているキャラクターだから。

――キャラクター？

こんなに熱くて、ちゃんと生きてて、結衣を慈しんで愛撫してくれるこの男が、ただのキャラクター？　そんな言葉で処理することに結衣は違和感を覚えてしまう。

同時に不安も覚える。

──蓮だけじゃない。みんな生きてる。

蓮に嫉妬して悪口を言っていた大垣だってモブキャラだけど、生きている。結衣が現実世界でパッとしない人生を過ごしてきたモブであったように、彼には彼の人生があるはず。下手な選択をしたら結衣と蓮以外の世界が消滅するのだ。これはゲームじゃない。いまの結衣たちにとっては現実。

うなずくことができずぼんやりと見返す結衣に、蓮が、焦れた顔になった。

「結婚するって言ってくれないなら、寝かさないけど、いい?」

「よ……くない。私、出社するので」

「俺だって今日の朝早くにロケが入ってる。でもこうやって抱きしめて触ってると、おさまらないんだよな。また結衣のなかに入りたくなっちゃって」

蓮が結衣の手を取り、自身の屹立へと導く。濡れたままのそれは、また、勃起して固くなっている。

そして、困ったことに、結衣は蓮の熱を指と手のひらで感じて、またもやびくんと身体が火照りだすのだ。どういう身体をしているんだ。エロゲーのヒロイン、感度が良すぎだろう。手のひらや指まで性感帯か。

「……あ」

蕩けた声が零れ、快感がじわりと奥から溢れだす。蓮がそんな結衣を見て、小さく笑う。

と――。

部屋の隅にいた、それまで黙っていたレンレンの目がピカッと光った。ＬＥＤの青い目がチカチカと瞬くように点灯し、ゆっくりとベッドに近づいてくる。

ヒューマノイドロボットの存在をすっかり忘れていた結衣は、ぎょっとして身体を固くする。

「録画終了です。ユイ、本日のデータを保存しますか？」

レンレンが機械の合成音声でそう告げた。

「録画……録画って……なに⁉　データを保存って」

「その録画は俺のところに送って、それから元データは消去して。俺のＩＤは――」

なにも言えずにいた結衣のかわりに蓮が返事をした。

「待って。蓮のところに送るって」

「芸能人だから、デジタルポルノは残したくないし、結衣のところで保存されたくない。きみ、そういうの迂闊っぽいし、誰かにハッキングされそうだもの。だから、一回、どう映ってるか確認してからしかるべき処置をする。俺のところに送るのが最善でしょ。送ったら元データは消していいから」

「え……あ……うん」

たしかにそうかもしれない。蓮は芸能人だから。

「それと、このあともう一回違う体位でするから、それも録画して送ってから消去で」

さらっとつけ足し、蓮は結衣の身体を後ろ向きにする。

「はい。了解ですっ」

レンレンが今度はベッドに近い位置でカメラを起動させた。さっきのは遠巻きで無音の録画だったけど、今度のは舐めるような近い距離の録画だ。

「レンレン!?　なに了解してっ……」

「……レンレンっていうんだ。俺の名前からとった?」

「そ……れは」

たぶんそうなんじゃないかと思う。つけたときの記憶は結衣には、ないのだけれど。

「結衣、相当、俺のこと好きでしょ?　写真集とかあるし、俺が載ってる雑誌も買ってるみたいだし」

——ばれていた!?

結衣の動揺を無視し、腰を抱え込むようにして、蓮の屹立がするりと挿入されてくる。愛撫しなくても、そこはもう充分に潤って蓮を拒否しない。

「……あっ、や……」

乳房をぎゅっと両手で強く揉み込みながら、後背位で腰を使われ、結衣はまたもや嬌声を上げ快感に震えることになった。

そうして——蓮は一睡もせず、結衣が快感で気を失うところまで追いつめた後、結衣の身体を綺麗に拭いて、シーツを洗って乾燥するところまでやり遂げて、去っていったのだった。

「どういうわけか。この家、立派なドラム式洗濯乾燥機があったんだよな。他はそうでもないのにやたら立派で高そうだから、分不相応ながらに、使いやすいしいいんだろうなって思ってたけど、あれの意味がわかったわ……」

ひとりでベッドで寝転がり、結衣は独白を漏らす。

こういうときの後始末のためなのだ。『星姫』世界、おそるべし。エロにまつわることはすべてものすごく念入りにケアされている。

しかもバンビは帰ってこないから、本当に好き放題にいやらしくて気持ちいいことをされまくったし、声をおさえることもなかったのである。

「……意識が飛ぶほど気持ちいいって、あるんだ」

でも正直なところ、なにより気持ちがよかったのは、別れ際の優しいキスだった。

——蓮って、あんなキスするんだなあ。

愛おしくてたまらないっていう目で結衣を見つめて、口のなかを舌でくすぐるみたいなキスをする。絶妙に甘くて、身体の奥の快感のスイッチを入れるキス。心のなかに蜂蜜を溶かし込むみたいに、大切そうに触れて。

なにもかもが――甘い。

蓮が去っていっても、結衣はなんだかずっと身体がふわふわとしていた。

足のあいだにまだ蓮の感触が残っている。破瓜の痛みってそういえばこんなふうだった。数日は鈍痛と、奥に違和感が残る。現実では最初からこんなふうに気持ちがいいなんてことはなかったけれど。

「気を失ってから、また起きても、ここにいるってことは――夢じゃないし、前世の現実には戻らないってことでいいのかな……」

だったらちゃんと考えないと。

「好感度はたぶん高かったのよ。そうじゃなきゃこういうことにはならなかったし」

枕をぎゅうっと抱きしめ、ぶつぶつと独り言。声に出してしまわないと、考えがまとまらない。

「本当だったら結ばれてしまうと世界が破滅してしまうんだから、結ばれない程度の近しさで、よい感じにデータがセーブできるように努力をしてみるべきだった。わかってる」

わかっているが。

――こう、なっちゃったし。

「たった二日過ごしただけで恋に落ちたとか言われたし」

自分で言った言葉に、溺れそうになる。恥ずかしい。だけど嬉しい。叫びだしたい。顔が火照って赤くなる。ごろんごろんとベッドの上で転がる。

結衣は、まだ、『星姫』の世界のイベントひとつをこなしただけだ。マネージャーの代行をするという初回イベントたったひとつ。なのにこの充実感と幸福度はいったいなんなのだろう。ゲームでは語られなかった蓮の素顔が垣間見えて、結衣は以前よりずっと蓮のことを好きになっている。

最推しだったのに、もっとずっと好きになってしまっている。これが続いたら結衣のなかの好感度は膨らみすぎて爆発する。

「友だちなんかで終わりたくないよ……」

でも、恋人になってしまったら世界が破滅するのだ。

この世界のみんなを消し去ってまで、遂げなきゃならない想いなんだろうか。

――すごく好き。私は、蓮のことが好き。

それはそれとして――けれど蓮は、本当に結衣のことが好きなの？　『星姫』のゲームの宿命に縛られて、創造神の思う方向に無理に気持ちをねじ曲げられただけではないのか。謎のフェロモンを振りまいて、本能的に、蓮の心を惹きつけた。努力はわずかにしてみたが、努力しなくても、蓮は最初から、結衣の放つ香りにくらくらとしていたらしいし――。

「なに、これ？　基本のところは、彼って本当に私のことが好きなのとか、身体だけが目的なのかもとか、そういう悩みじゃないの」

こんな恋愛、思春期以来かもしれない。

攻略ゲームのはずなのに。

感じやすくて気持ちがいいセックスを伴う、青くて、初心な心の痛み。

プラス、世界の破滅を阻止しなくてはならないという人としてまっとうな正義感。

「ひとつひとつは別にそうでもないけど、組み合わせると、ものすごい無理ゲーっぽくなっているのでは……」

つぶした枕にぎゅっと額を押しつけて嘆息すると、ベッド際で佇んでいたレンレンが「ユイ、おはようございますー」と目覚めをうながす。

ユイが枕から顔を上げると、

「今日は九月六日月曜日、会社には有給による休み申請の連絡をしました。上司から申請許可の返事を受信。今朝の気温は二十度。天気は晴れ。ネオトウキョウの最高気温予想は二十五度です。今日のユイの予定は蓮さまのご指示通りお休みです。もう少し寝ますか？」

レンレンが首を傾げて、愛らしい様子でとんでもないことを告げ——結衣は「え？」と絶句したのであった。

3　最推しが恋人～蕩けるほど抱かれて

結衣が気を失っているあいだに蓮はさまざまなことをしてくれていたようである。シーツとか自分の身体が綺麗になったことはわかるけれど、まさか会社に連絡して有給の申請を行っていたとまでは思わなかった。

そもそも、スケジュール管理ロボットのレンレンにひと言命じれば、そんなことまでできてしまうなんて考えもしなかった。

この〝現世〟に慣れていないので。

しかしこんなことで会社を休んでいいのだろうか。

戸惑っていたら、

「ユイの上司から伝言があります。再生します」

レンレンが言って、録音データが流れる。

『星空くんの有給が溜まっているのでちょうどよかった。ゆっくり休んでください。しっかりと身体を治すように。無理はせずに。お大事に』

　結衣の上司も声がいい。なぜなら彼も攻略対象だから。ふんわりとした癒し系の声での「お大事に」にくらっとくる結衣である。

　――加賀（かが）課長。

　仕事ができてお世話好きでちょっとオカンが入っている系男子なのに、「お絵描き」が特徴的に下手すぎたりたまに言語センスがおかしかったりという部分で天然満載で――その癒やしボイスと天然エピソードと加賀悠生（ゆうせい）という名前から〝遊星からの物体K〟とファンの間で呼ばれていた。

　もちろん結衣の推しは蓮なので加賀悠生に落ちることもなく「できる男って、ただ絵が下手だっていうだけで画伯と呼ばれ〝遊星からの物体Kの才能爆発〟ネタで同人誌たくさんできるの、ずるい」みたいな部分もあった。

が――見た目は優しげな垂れ目のイケメンである。

　〝遊星からの物体K〟も立体化してるのか。拝めるってことよね。

　拝むのはいいのだけれど。

「レンレン、私、普段ちゃんと働いてるのかな」

　思わずレンレンに問いかけてしまう。

「働いてますよー」

どう脳内をひっくり返してみても『星姫』での仕事内容が思いだせない。

社内の背景スチルは思い描くことはできる。丸の内の硝子張りオフィスの十階で働いていた。リノリウムの床に、パーテーションで区切られたデスク。PCがあって一通りの事務用品が並んでいて、結衣は、加賀課長とお揃いのキャラグッズのペンを一本持っていて。

――レアっていうかあまり知られてないキャラだったのに、加賀課長が「あ、ピャーニャ」ってつぶやいて、それがきっかけで個人的な話をするようになって。

という攻略対象とのエピソードや、自分のミスでデータを消してしまったときに加賀課長が助けてくれて一緒に残業をすることになって近づいていった――という経緯は思い浮かぶのに業務内容はまったく不明。

現実の結衣も商社に縁はない。普通の小さな会社の事務員である。

「本当に働いてるの？　私、商社でいつもなにしてんのかな。まったくわかってないんだけど……」

さすがにこの質問にはレンレンからの返事は来ないと思っていたのに――。

「ユイは一般職でデータ入力や書類の処理をしています。会社に行ってデスクに座れば、ユイのPCのなかにやるべきことが入っているので大丈夫です。上司がユイに指示をくれるから、ユイは安心です」

レンレンが目をチカチカさせて応じてくれた。

「……そう。って、なんでそんなこと知ってるし、するっと答えるのかなレンレン。怖い」

「なんでって……。ユイのスケジュール管理ロボットだからです。この質問をユイは一生のなかに一回はすることがあらかじめ規定されています。なのでその質問が来たとき用にこの答えがインプットされています。ボク、役に立つでしょう？」

えっへんというように胸を張ってレンレンが言う。

「…………そう」

一生のなかに一回。

――絶対に転生が決まってるっていうこと？

そう受け取れる。転生してきて、どこかで記憶がリセットされるようにあらかじめ定められているのだろうか。そんなときに役立つスケジュール管理ロボット。至れり尽くせりの『星姫』創造神は細かいところにも気遣いがある。

「一回だけ？　二回以上はないんだ」

「ないです」

きっぱりと言われた。

「ない……んだ」

つまり結衣の転生人生は、やり直しなしで、自分の持ち時間はこの一回こっきりということらしい。

がっくりと肩が落ちた。だったらなんのために毎日の出来事をレンレンに保存させているのか。街のあちこちにあるセーブポイントはなんなのか。なにか重要なミスをやらかしてしまったときにリセットボタンを押してセーブ地点に戻るという奇跡はないということか。

実のところ、ここに至ってもまだ結衣は『星空』世界を舐めていたのである。

——この世界、とことん現実ってこと⁉

セーブはしても、それは個人が日記をデータ上にしるしていくようなもので、見返すことはできてもただの思い出。リセットはきかない。やり直し不可。

結衣はあらかじめいくつかのイベントを知っているはずだったけれど、どうやら結衣の知っているイベントの流れとは別に蓮との関係性が構築され、分岐している。ここからどうなるかはもはや「一寸先は闇」状態だ。

結衣の知らないことばかりが起きていて——間違えられないという重みに、うなだれていたら——。

居間から賑やかな声が聞こえてくる。

どうやらバンビが戻ってきたらしい。ちらりと時計を確認すると、朝の九時過ぎ。

結衣は、慌ててベッドから起き上がり下着を身につける。だらしないことに、ずっと裸のままぼんやりしていたのだ。身動きすると身体の奥がじわっと痛い。出勤用のシューズが玄関にあるし。

「結衣、ただいまー。出社してる？　してないよね。起きてる？　寝てる？　ヨシくん連れてきたよ」

バンビが元気よくそう声をかけて結衣の部屋のドアをノックした。

「……ヨシくん？　なんで？」

――竜ヶ崎義彦。

あらゆるシーンで鍵を握る有益キャラにして攻略対象のひとりであるヨシくんが、どうしてここで家にやって来るのだろう。

「なんかねー、ヨシくんのバーのバイトの子が辞めちゃって、それで急遽、働いてくれる人欲しいんだって。昨日はあたしがピンチヒッターで入って働いてさー、それで朝帰りで。――結衣、だから着替えたら居間に来て、ヨシくんの話聞いてやって」

いつもなら問答無用でドアを開けるバンビが閉じたままのドア前で話をしてくれる。ヨシくんがいるからなのかもしれないが――結衣の状況を把握して、見ないふりをしてくれているという可能性も高い。なにせ相手はお助けキャラのバンビだ。

結衣は慌ててクローゼットから、ふわっとしたナチュラルなワンピースを掴んで身につける。鏡の前でチェック。目に見えるところにキスマークなし。唇はちょっとかさかさしているし、まぶたが腫れぼったいけど、もともとの容姿が容姿だしこんなものだろう。乱れた髪だけ、どうにかさっと手櫛で整える。

パシパシと両手で頬を軽く叩く。

「……ヨシくんとこのバイトが辞めて、私が手伝いを求められるのって」

ぽつりと、つぶやく。

ヨシくん攻略ルートも開いてしまったということだ。

いまの結衣にはヨシくんとの記憶がまったくないのに。蓮と急展開してそれで頭がいっぱいなのに。

「結衣ー、まだー？　具合悪いとかそういうの？」

まだドア前にいるバンビが小声で聞いてきた。

「あ、大丈夫。いま行く」

結衣は深呼吸をして、ドアを開けた。

すぐ目の前にはバンビがいる。くるくるの巻き毛をデコラティブなネイルを施した指で弄びながら、斜め立ちして結衣を見ている。

そしてドアを開けたらすぐ居間なので――竜ヶ崎義彦が長すぎる足を持てあますようにして、ソファに浅く腰かけているのが見えた。

――渋い。

わりとあっさりとしたアジア顔で、手入れをしていないラフな髪型がさまになる男前。

顔がいいのは知っている。しかし想像していたより、立体化したヨシくんはもっとずっと渋い。もうちょっと年を取ったら髭をはやしだしそう。そして絶対にそれが似合う。間違いない。

いまも充分に格好良いが、中年以降にぐっと魅力が増しそうなタイプのイケメンであった。

「結衣ちゃん、昨日はバンビ借りちゃって、ごめん。急にバイトが辞めるって言って来なくなっちゃってさ。バンビが手伝ってくれると言うから、甘えちゃった」

にっと笑う。渋い見た目なのに、笑うと、顔がくしゃっと崩れて目が細くなって、いきなりかわいい。

「あ……いえ。それは私に謝ってもらうことじゃないので。——あ、お茶。お茶か、コーヒーかなにか……飲み物」

「じゃあ、コーヒー」

ヨシくんが言う。

「あたしもコーヒー。濃いやつブラックで。この年で徹夜はけっこう身体きついよう〜」

バンビがぐんにゃりとした声で言ってヨシくんの前にあるひとり掛けの「人を駄目にするソファ」に座った。

結衣はキッチンに向かいコーヒー用のケトルに水を注いで湯を沸かす。戸惑うかと思ったけれど、キッチンや洗面台の棚になにが置いてあるかなどはどうやら身体が記憶している。そもそも必要なものはだいたい目に見える範囲にあるので、特殊なものでない限り、スムーズに用意をすることができた。

「結衣ちゃん、昨日は蓮がここに来たでしょ」

蓮はヨシくんに結衣の住所を聞いたと言っていた。

「……はい」

――落ちつけ、結衣。

胸中でそう自分に言い聞かせる。バーのバイトの話は断ること。引き受けてしまったらそこからヨシくんルートが開いてしまうから。でもヨシくんの人脈と情報網の凄さはたった二日で把握してしまったので、ここでヨシくんとの交遊が切れてしまうのは、つらい。なので、なんとしても友だちルートを開拓したい。

そのためには、どう対応したらいいのか。

――『星姫』には友情ルートなどというものはなかったから。

いまはもう、自分で考えて、間違いのない選択肢を選ばなくてはならない。

緊張で手が汗ばみ、心臓がばくばくと大きく鳴っている。バイトをうまく断ることができるのか。さらにこれからのことの相談にものってもらえるよう、頼み込めるのか。直前までの自分とヨシくんとの記憶もないので、なにをどうしたらいいのかわからない。

それでいてヨシくんに気に入られるための細かい要素はしっかりインプットされているのだ。たとえばインスタントコーヒーは嫌いで、絶対にドリップコーヒー派だとか。

前世の結衣もコーヒーはドリップ派でたまに気合いを入れてちゃんと美味しいものを飲んでいたので、ヨシくんとコーヒーの趣味は一致するなと思いながらゲームをしていたことをふと思いだした。ヨシくんはかなり結衣に感性が近くて、選択肢で困ったことはない。素直な気持ちで対応を選んでいたらあっというまに攻略できたキャラだった。

コーヒーの粉をペーパーフィルターに落とし、セットする。ケトルからしゅんしゅんと蒸気が噴きでる。ケトルの蓋を外すと、沸いた湯の表面にぽこぽこと泡が立っている。弱火にして、ケトルを手に取る。細い注ぎ口を傾け、ペーパーフィルターのコーヒーの粉にぐるっとひとまわし。粉がぶわっと膨らむのを眺め、少し、蒸らす。

粉をあたためて、コーヒーサーバーに落ちた分は、一旦、捨てて。

あらためて湯を少しずつ注ぎ、ドリップコーヒーを丁寧に淹れる。

コーヒーのいい匂いが部屋に漂う。

「昨日はバンビがうちの手伝いしてくれたからさ、蓮、結衣ちゃんがひとりのところに押しかけることになったね。蓮はああ見えて慎重な男だし、週刊誌のカメラマンが張り込んでることもたまにあるから、変なことはしでかさないはずだけど——大丈夫だった？」

「……だ、大丈夫ってなんですか？」

「え……」

ヨシくんが眉を顰め、結衣を見返す。これは絶対にあやしまれている。即答で「大丈夫でした」でよかったのだ、たぶん。しかし結衣はいまちっとも大丈夫ではないし、昨夜から今朝までまったく大丈夫じゃない甘い夜を過ごしてしまったので。

「あー、結衣ちゃん、顔に出るからなあ……。大丈夫じゃなかったんだね。ごめん」

ヨシくんがうつむいて頭を抱えた。

――『星姫』でもこうだったなあ。

頼れるお兄さんキャラで、結衣がぽんこつなことをしでかすといつも頭を抱えて一緒にこの後どうしたらいいかを考えてくれた。

サーバーに落ちたコーヒーをカップに注ぐ。三人分のカップをトレイに載せて運び、テーブルに置いた。全員がブラックコーヒー派だから砂糖もミルクも不要。

「いや、あやまられるようなことは……なかったですから。はい、どうぞ。お口に合う淹れ方かどうかはわからないけど」

「結衣ちゃんが淹れてくれたコーヒーならいつだって俺の口に合うって。ありがと」

カップに口をつけるヨシくんに、バンビが「またそういう、ちゃらいこと言う」とうざそうに文句をつける。

「バーのマスターは無口かちゃらいかどっちかです」

「じゃあ、無口になれよ。そのほうがモテるよ」

「これ以上モテたら俺の腰が持ちません」

しかしちゃらい言葉を吐きつつ、それがさまになるし、下品にもならないのは声と口調とルックスの合わせ技だ。

「……腰って言うな。本当にヨシくんは、ちゃらいなあ」

バンビがげっそりとつぶやき、カップのコーヒーをぐいっと飲む。目をつぶって、勢いよく飲むバンビを結衣は驚いて凝視した。これはコーヒーの飲み方ではない。夏の暑い日の夕暮れ、居酒屋で最初に頼むビールの飲み方だ。

「くあーっ。ごっそさん。じゃ、出勤準備します。シャワって即出勤っ」

がばっと立ち上がりバスルームに歩いていく。思わず結衣はバンビに追いすがる。

なぜだろう。結衣は、バンビは、今日は休みなのだと思い込んでいたのだ。一緒に部屋でこれからのことを話して共に対策を練ってくれたり、結衣のわからないことを説明してくれるのだとばかり思っていたのだ。結衣が困っているのだから、バンビは今日は家にいるのだと、一ミリの疑いもなく信じていた。

「結衣、どした？　なんでついてくんの。まさか一緒にシャワー浴びたいの？」

洗面台の前でバンビが首を傾げ、小声で聞く。

結衣は首を左右に振り、やはり小声でバンビに尋ねた。

「バンビ——出勤するの？」

「うん。するよ。仕事いかないとだよ。だるいけどさー。今日、遅番でよかったわー」

バンビは若者に人気のあるアパレルブランドのショップ店員である。

「でも……ヨシくんとふたりきりにしないで欲しいんだけど……それに私、バンビに聞きたいことがあって……あの」

なにをどう説明したらいいのか考えながら言うと、バンビが結衣を見てきっぱりと告げる。

「……結衣。あたしにだって人生があるの」

その言葉は結衣の胸にどすんと重たく響いた。

——あたしにだって人生があるの。

そうだよね。バンビにだって人生がある。結衣のお守りだけをして生きていけるわけがない。働かないとならないし、生活して、遊んで、バンビはバンビの人生を堪能している。そうすべき。

「なにに緊張してるかわかんないけどさ、バイトが嫌だったら断っていいから。ヨシくんはちゃらいけど人のこと思いやれるいい男だし、無理強いしない。それから、あたしの友だちに同意なしで手を出したりしないから。そういう意味での悪い噂もないから安心して」

「そこは、わかってる……けど」

「じゃあ、そゆことで。シャワーするからっ」

バンビは肩先でひらりと手を振って、服を脱ぎだす。話は終了ということだ。

結衣は肩を落とし、ゆっくりと居間へと戻り、さっきまでバンビが座っていた、人を駄目にするソファに腰をおろした。

「暗い顔してるから、先回りして言うよ。うちのバーの手伝いはしたくないけど、俺に直に言われたら断れないってバンビに泣きついてきた？」

くすっと笑ってヨシくんが言った。

結衣は目を丸くしてヨシくんを見返す。

「……はい。すみません。そうです。バイトの話、バンビが話しながら部屋に入ってきたじゃないですか。あれ聞いたときからどうやって断ろうかって思って。私、普段は会社に行ってるし昼夜と続けて働くのは無理だと思うんです。それで」

「そうだよね。結衣ちゃんの生活を知ってるのに、それでも頼もうとした俺が悪かった。俺の下心も見透かされた？」

「下心って」

「結衣ちゃんのこと気になってて、もうちょっと知り合いたいなって思ってたんだよね。一緒に働いてたら自然と距離も近づいていくし、バンビ経由で頼んだら、結衣ちゃんは断れないかもってずるいこと考えた。結衣ちゃんは押しに弱そうだから」

「押しに弱いですかね……」

「うん。そういう態度、他の男相手だと、足を掬われるよ。たまに熱に浮かされたみたいになって突っ走っちゃいがちだし。冷静になって、もっと落ちついてって言いたいこと、あるよ。気をつけたほうがいい。みんなが俺みたいな紳士じゃないからね」

そこまででもないけれど。結衣が弱いのは天王寺蓮の押しに対してだけで、他はがんとしてつっぱねる用意があると――言い切れないのが困ったところだ。もちろん気持ちとしてはそのつもり。ただ『星姫』の運命として、他の攻略キャラ全員を振ってしまって蓮との恋を全うすれば世界が破滅するからと、考えてしまうだけで。

断っていいのかとか、友だちでいられないかとか、どうしたらいいのかと。

――なんて、言われても、表面だけ見たら〝押しに弱い〟し〝流されがち〟な女にしか見えないのかも。即座に自分で断らないっていうだけで、優柔不断に見えるわけだし。

それに結衣が転生前の意識を取り戻す前の星空結衣は『星姫』のヒロインのまんまだったんだろう。だったら――押しと快楽に弱くて流されがちなエロゲーのヒロインで間違いない。

カップを手に取って口をつける。

――でも、私、この現世にいついてまだ二日目のバブちゃんなんだよ⁉

生まれたてのようなものなのだ。もうちょっと状況を教えてもらいたい。蓮とは怒濤の勢いでセックスに至り、そりゃあ気持ちが良かったけれど、互いの身体のどこがいいかの探索ばかりで一般的な話もしないまま別れてしまった。

エロ的なことじゃない、諸々の情報がもっと欲しい。

と、そこまで考えて「それだよ」と脳内にピカッと光が灯った。いま結衣に必要なのは一般的な諸々の情報なのだ。攻略対象者にまつわること以外のこの世界の細かなこと。これから起こるであろう不具合にどう対策したらいいかを考えられる冷静さ。

ふと思いついたようにしてヨシくんが話題を変えた。

「……そういえば前から聞こうと思ってたんだ。結衣ちゃん、香水、なに使ってるの？」

「なんにも使ってないです」

「そう。じゃあ素でいい匂いなんだな。しかも匂いに深みが増した。あのさ、結衣ちゃん、蓮に喰われたでしょ」

「え」

「バーのマスターだから。そういうの見ただけでわかる」

バーのマスターだからというのは理由になっていない。絶対に違うと思う。ヨシくんだからなんじゃないのか。

「俺、女の子の匂いに敏感なんだ。それで不思議と、好きになった子の匂い変わっちゃうとさあ、手出しできなくなっちゃうんだ。あんまり理解されたことないんだけどさ。〝そんなのおまえだけだよ〟ってみんなに言われる」

「あ……いや、それ、わかります」

結衣は真顔で同意していた。

つまり、フェロモンなのだ。『星姫』世界のヒロインが攻略対象者に振りまいているフェロモンが、いい匂いとして感知され、性衝動をかきたてているのではと疑っている。

蓮も結衣のことを「いい匂い」と何度も言った。同じ匂いを、ヨシくんも結衣に感じているらしいとも、言っていた。

——蓮と触れあうことで私の匂いが変わったっていうこと？

「わかってくれる？　結衣ちゃんもそうなの？　感覚の問題なのかな、これって。何人かは、恋に落ちるときの香りってあるよなーって理解してくれたんだけどさ。ただ、相手の匂いが変わった瞬間に気持ちがすーっと落ちついて相手に対して引いちゃうってのは理解されたことないんだよなあ……。〝それって相手が別な誰かを好きになったっていうことの比喩だろ。むしろ燃えるし、こっち向けよって強引に腕引っ張ったり、押してったりするもんじゃないか〟って言う奴もいた。そいつは、ちょっとやばい奴なんだけどさ」

「やばい奴って……？」

「組関係。相手が別な誰かとくっついてからのほうが本番で、力尽くでこっち向かせるのが燃えるって言ってた」

「怖いです、それ。そこは性格ってことじゃないですか」

「そう？　あきらめられるなら、それって本気で相手を好きじゃないって、俺はよくまわりに言われる。俺、結衣ちゃんにも本気じゃなかったのかなあ」

ヨシくんがコーヒーを飲む。結衣もカップを両手で抱え、口をつける。

答えられなかった。たぶんヨシくんは結衣のことを好きでいてくれていた。『星姫』の創造神の設定通りに結衣に惹かれ、ヨシくんらしく、強引にならず紳士的に結衣との関係を積み上げてきていたのだろう。結衣が転生してくる前のことは記憶にはないのだけれど、それでもわかる。『星姫』のなかで、ヨシくんは「そういう人」だったから。

――でも、ヨシくんのこと「そういうキャラだ」なんて言い方、もうできないや。

みんなキャラクターじゃなくて、人だ。結衣同様に、血肉を備えて、ここで生きている。彼らが生きてないなら、結衣だって生きてない。彼らが偽物なら結衣だって偽物だ。そして彼らの好意が偽物だったり、本気じゃないのだとしたら――結衣のいま抱いている蓮への感情だって偽物で、本気じゃないことになる。

ヨシくんたちの好意が本物か偽物かという判定は、だから、結衣には難しい。

「結衣ちゃんは？　好きな人が自分以外の誰かを好きだってわかったとき、その人のこと、あきらめられる？」

「私……私は……」

「あー、これ、結衣ちゃんに聞くことじゃないな。ごめん」

ヨシくんが口を片手で覆い、つぶやく。思いがけず、変なことを言ってしまって、口に出してから慌てて謝罪する言い方で――。

「俺、わりと動揺してるし傷心みたい。結衣ちゃん、蓮に喰われたって言われて、まったく否定しないからさ」

「あの……いえ、それは」

「いえ、じゃないだろ。そこ、バンビだったら〝女の子に、なに聞いてんだ。セクハラ親父、ちゃらい。場合によっては訴えられるやつなんだからな〟って怒るとこ。たぶんこの感覚が、結衣ちゃんに振られる要因だなあ……。バンビにも〝あんたはここぞってとこでデリカシーないから、結衣には絶対に振られるね。女心ぜんぶ読めなくてもいいんだよ、好きな女の心だけ読めるようになんなよ〟って。予言通りだったな。これから微妙なセクハラ発言は直してかなきゃ……」

――すごい。自覚している。

その通りなのだ。渋くてイケメンで要領がよくてなんでもできて世話好きと長所が多いが、ヨシくんは、年代が上であるがゆえの微妙に空気を読めないセクハラ発言がいくつかあって――『星姫』世界でヨシくんを推せなかったのは、その感性の違いゆえ。

エロゲーだからこそ「ここでその発言を好きでもない相手に言われるのは嫌だ」という

地雷ポイントというのがあり、結衣は『星姫』のみんなの発言のすべてを心地よく受け入れていたわけではないのだ。

「バンビは……すごいなあ」

つい口に出す。結衣が怒れないでいたことのいくつかについて、バンビは、結衣が見ていない裏側で男たちに向かって啖呵を切ったり、叱りつけたりしていたんだろうと思ってしまったので。

「結衣ちゃんもたまには怒りなよ。結衣ちゃんはねぇ、いいことも、悪いことも、わりとふわっと冷静に流しちゃうから。相手がこれでいいって誤解しちゃうんだよね。たまには毅然としてみせていいんだよ？」

「……はい。そうですよね、そこ、私の悪いところかもしれない」

なにせエロゲーのヒロインなので、セクハラ発言されても許すし、快楽に容易に流されがち……。

しかし、すごいのはバンビだけではない。ヨシくんはバンビの忠告のもとに、結衣が抱いていた曖昧な拒絶をちゃんと感じ取って「これから修正をしていく」と言っているのだ。

――ということは……。蓮だって修正きくんだよね。

結衣が知らないシナリオの分岐点を経てまったく読めない内容になってしまったこの現世。結衣が見ていない場面で、それぞれの人たちが泣いたり笑ったりしているのがわかった。バンビは怒るし、ヨシくんは反省し「セクハラ発言は直してかなきゃ」と結衣に語るというこの世界線。

だったら蓮の運命だって、変えようとしたら、変えられるに違いない。

「……あーあ。俺、慎重すぎて出遅れちゃったんだよなあ。こうなるのわかってたのに蓮と結衣ちゃんを会わせちゃったんだよなあ。俺がいなきゃ、きみたち、出会ってなかったからね？」

「はい。それは……ありがとうございます」

「そこで感謝されるとさ……。くそっ。腹立つな。でも——ここに来た瞬間に、蓮にしてやられたなあって悟っちゃったからなあ。結衣ちゃん、酔っぱらっててもシラフでも、ずーっと、天王寺蓮が大好きで憧れですって言いきってたもんなあ。ワンチャン、その憧れの王子さまに会わせてやった俺に感謝して、身近な存在の俺を見直して、惚れてくれる可能性に賭けたんだけどなあ……」

苦笑する姿もさまになっている。悔やんでいるのだろうけど、余裕しゃくしゃくという感じ。

「……あの……ごめんなさい……。ありがとうございます」

こんなにモテそうな、素敵な人を振る体験ははじめてだ。でも、もったいないとは思わなかった。結衣は、蓮ひと筋なのである。

そしてゲームとは違うなら、他のルートを見届けて全部のスチルを回収する必要はない。そもそも他の男性とのラブシーンなんて経験しなくてもいい。エロい台詞も他の男性からは聞きたくない。

だって、ヨシくんの話を聞いても結衣が思うのは蓮のことなのだ。ヨシくんが変われるなら蓮の運命だって変わるんじゃないかとか。なんでも蓮に結びつけてしまう。

結衣は、蓮のことだけ見ていたい。

口説き文句は蓮のものだけで充分だ。

ヨシくんと話すことで、結衣のなかで決意の形がくっきりと強い輪郭を持って浮かび上がっていく。

「で、結衣ちゃん、俺、相談のろっか？」

唐突に、ヨシくんが言う。結衣が、ヨシくんのぼやきを右から左に聞き流しているのが伝わったのかもしれない。失礼な態度だなと思ったが、結衣の頭は蓮でいっぱいなのである。しょうがない。

「なん……で、ですか」

「なんか難しいこと考えてる顔してるから。結衣ちゃんは、なんでも顔に出る。好きだった子の相談に乗るの、お兄さん、大好物」

身を乗りだしてヨシくんが言う。

「相談……」

　乗って欲しい。いろいろと聞きたい。しかし、それはやっぱり少し違う気がする。結衣は蓮に一途なので、他の男性に「相談に乗ってもらう」というのはやっぱりおかしい気がする。少なくとも蓮とのことでは、相談になんて乗って欲しくはない。

が――。

そういえば聞きたいことがいくつかあった。

結衣はおもむろに口を開いた。

「ちゃんとした防弾チョッキの買い方を教えてください。刃物にも強いやつがいいです。それから空手とか合気道とか私ができそうな身を守るための武術系スクールのおすすめがあったら聞きたいです」

「防弾……チョッキ……？」

ヨシくんがぽかんと口を開ける。

給湯ボイラーの音が止まる。ドアが開いて、バスタオルを頭からかぶったバンビがスウェットの上下姿で、のしのしと大股で居間に戻ってくる。化粧を落としても目鼻立ちがくっきりしているバンビはそんなに顔面が変化しないのだが、ただし、眉毛だけは、なくなってしまう。あと髪がストレートになって、いつもより少し清楚な印象になる。

「シャワったー。すっきりー。ヨシくん、なに固まってんの？」

「結衣ちゃんに想定外の頼み事されたんで石像と化してた」

「わかるー。結衣、たまに変なこと言い出すからね。ところで、石像、あたしが化粧直したら車で会社に送って。三十分でパシっといつもの顔になれるんで、よろしくぅにー」

バンビはヨシくんの返答を待たず自室に支度を整えに去ってしまった。

「えーと……うん。防弾チョッキ、SPやってる知り合いいるから裏で手配してもらう。値段はあとでメールする。身を守るための武術系スクールもあとでチョイスしてメールする。ちなみに結衣ちゃん、なにするつもりなの？」

「なにって……ちょっと世界を救おうかと決意しただけです」

本気だった。

が、ヨシくんは冗談だと思ったらしい。

「世界、救ってくれるのかー、そっかー。しっかりしたところチョイスするね」

と笑って応じた。


ばっちりメイクをして金髪縦ロールになったバンビと共にヨシくんが出ていった。

一日休むことになった結衣は、風呂と洗面台の掃除をしながら、これからなにをすべきかを考えていた。

洗面台の横に置いていたスマホから着信音が鳴る。洗い終えたバスタブを乾いた雑巾でざっくりと拭いてからスマホを手に取る。

ヨシくんからの連絡である。

「はっや。いま返事したら今日の夜には宅配で防弾チョッキを届けてくれるんだ。すぐ送れるのは黒いのしかないし、重さが三キロ以上あるけど平気か……って。平気じゃないけど我慢します。がんばるっ。ありがとうございます……」

ぽちぽちと返信する。すぐにヨシくんから「了解。夜に届くから」の文字が飛んできた。

「っていうか……高いなあ。ほぼ十万。貯金おろしてくるしかないね。でもこれは愛のための必要経費。惜しんではならないのよ」

蓮と結ばれて——世界が破滅するに至るトリガーははっきりしている。

結衣との仲がゴシップ誌にスクープされ、結衣の存在が蓮のファンに周知されること。その結果、蓮のストーカーと化して蓮に執着している女性に、結衣が刺されるのが、すべてのきっかけだ。

「つまり、私が刺されなければいいのよ。だからまず外でのデートには気を配る。ゴシップ誌のカメラマンに撮られないこと」

ただし、ここに関してはもしかしたら現時点ですでに撮られている可能性もある。うっかり蓮の訪問を受け入れてそのまま泊めてしまったのだ。昨日の夜の蓮がカメラマンにつけられていたら、もう「天王寺蓮、外泊デート。彼女の家から朝帰り」という写真を撮影されているかもしれない。

「このあとは、気をつけることにして……。他は、常に防弾チョッキを着込んでストーカー対策。私は刺されない。大怪我をしない。もし誰かに襲われたら、そのときは相手を返り討ちにして生け捕りにする」

生け捕り……というのはおかしいか。相手に怪我をさせたいわけではないので、穏便にすむものなら、穏便にすませたいのだ。ストーカーも、天王寺蓮の大ファンであるという部分では結衣と同じなので。

また着信音が鳴る。スマホの画面を開く。

「……ヨシくんから、空手と合気道の教室についていっぱい来てる。本当に仕事が早い人だなあ。最寄り駅で通いやすくて初心者コースがあるところで……」

ぼんやりとした知識だが、護身術としてなら合気道のほうが適していると聞いたことがあった。空手は強そうだけど、合気道のほうが結衣の目的にはかなっているかもしれない。

さらに着信音。ヨシくんはまめだなあと、メールを開くと——。

「……蓮」

名前を見ただけで心臓がとくんと鳴った。天王寺蓮からメールが届くなんて。

住所を知っているくらいだし、メアドも知っていてもおかしくはないのだけれど。

「あの天王寺蓮から」

言っておいてなんだが、「あの」ってなんだと自分でも思う。

『昨日はありがとう。無茶させてごめん。次、いつ会える？』

他愛のないメールの文章も、蓮からのものだと思うと、文字列すべてが格好良く見えてくるのはどういう脳内マジックか。しかも次の約束を蓮の側から求めてくれている。

浮かれた返事を打ちたい気持ちが半分。しかしぐっと気を引き締めて、世界を守るために手はずを整えなくてはという気持ちも半分ある。

結衣は少し考えてから返信した。

『こちらこそ、ありがとうございます。しばらくいろいろとやることがあり、忙しいのでお会いできそうにありません』

素っ気なさすぎるだろうか。

これだけだと、冷たい印象を与えるかもしれないと、さらに、文章をつけ足す。

『でも、会いたいなって思ってます。天王寺さん、身体に気をつけて仕事がんばってくださいね』

送信したあとで、結衣はじっとスマホを握りしめて固まってしまった。スマホを睨んでいたところで蓮の反応がすぐにわかるわけではない。

わけではないし——送った文面に直後にものすごく後悔してしまうしで——。

――私ごときが蓮に会いたいって言われたのにこんな返事するってある？　会いたいなって思うのは当然じゃない。図々しい文章だったかも。っていうか図々しい。

だって天王寺蓮だよ⁉

「待って。それ言いだしたら、私ごときが……」

口走ったが誰に何を待ってもらいたい「待って」なのかは不明である。

もはやなにもかもが不明である。さっきまでわりと冷静に過ごしていたのに、メール一本で一気に結衣の情緒が暴発した。最推しにエロいことをたくさんされて気を失って起きて、まだ身体の奥に推しが挟まっているような感覚があるのに、防弾チョッキとか合気道とかなにやっているんだ自分は。

さらに、あらためて、結衣ごときが天王寺蓮にシーツの洗濯をさせたり身体を拭いてもらったりしたのかといきなりそれをまた思いだし「うわーっ」と叫んでしまって、そのまま身体が斜めに傾いだ。

洗面所の壁にゴツンと額がぶつかる。壁に支えられたまま、スマホを片手に「うわーうわうわー」と何度も叫んだ。

――大変です。私、最推しの天王寺蓮に抱かれて気持ちよすぎて気を失ってしまったそんな女です。

着信音がして手のなかのスマホが震える。

『俺も会いたい。また連絡する。結衣も身体気をつけて』

口から魂が抜け出ていくようであった。

結衣はそのまま壁に額をもう一回ゴツンと打ちつけスマホを抱きしめて「うわあ」と小声でつぶやいた。


というわけで結衣は、それから毎日、防弾チョッキを服の下に身につけて出社することになったのである。そして最寄り駅の近くで手頃な合気道教室に入会した。

予想外の出費は痛いが、すべては人類のためである。仕方ない。

実は心の底で上司――加賀課長とも恋愛フラグが立つのではないかと懸念していたが、有給をとった翌日の出社では、加賀とのやり取りは最小限のものだった。垂れ目優しげイケメンが立体化した姿は眼福で、しっかり楽しませてはもらったけれど、必要外の接触はゼロだった。

結衣の休みと蓮の休みはなかなか合わず、多忙な蓮の睡眠を削って電話をするのもためらわれ――メールのやり取りを経て、メッセージチャットアプリのIDを交換した。

ちなみに結衣から蓮に最初に送ったメッセージは『防弾チョッキを買いました』だ。

当然ながら蓮は『なんで？』と返してきた。

『気をつけるにこしたことはないと思っただけです。ただ問題は下に防弾チョッキを着るといつもより二割り増しで太ってみえます』

蓮からの返事は『……なんて返したらいいかわからない』だった。

――そりゃあ、そうだ。

『笑ってくれていいんですよ？』

と返事をしたら、すぐにスマホの着信が鳴った。蓮からである。電話を受けると、柔らかい声で蓮が笑っている。

『ねぇ、笑う以外の反応思いつかないんだけど、きみ、なんなの？　実は職業がＳＰだったりするの？　それとも俺に次に会うときにたやすく脱がされないようにっていうガードなの？』

前置きなしでスマホから流れてくる蓮の声に、結衣の胸がきゅっと掴み取られる。

本当に好き。どうしようもなく好き。この笑い声をそのまま瓶詰めにして宝物にしたいくらいに好き。

『防弾チョッキごときで俺を撃退できると思ってるの？　むしろ見てみたいから絶対に脱がせようとしてしまうけど？　そんな特殊な誘われ方、したことない。本当におもしろいよね、結衣』

『え……あの……誘ってるわけじゃないです。でも……さすがに引きますか？』

嫌われてしまったのかと小声になった。

表情が見えないから声だけだと、不安になる。

『防弾チョッキで引くかどうかって言われると……引くよ。そんな子と、つきあったことないもの』

『………』

『でも好きになっちゃったんだから、仕方ない』

『……それは』

『ひと目で恋に落ちたんだから、どうしようもないよ。結衣がどんな女の子かを知らないで好きになったんだから。防弾チョッキ買う子なんだなあって、知って……笑っちゃったから思わず撮影の休憩時間に電話かけた』

『いま、撮影の休憩なんですか?』

時計を見る。深夜が近い。

『うん。ドラマの撮影が押してて。あ——休憩終わる。電話、切るね』

『はい。あの……』

がんばってください、と言えばいいのか。けれど蓮はもう充分がんばっている。一瞬だけ悩んでから、つけ足す。

『天王寺蓮の演技が大好きです。ドラマ、期待してます』

『インタビューしてくれる記者の去り際の台詞みたいだな……。そうじゃないでしょ。好きって言って』

ド直球で甘いささやきが吹き込まれ、倒れそうになる。

『好き……です』

『ん。俺も。じゃあね』

ぷつりと電話が切れる。

「天王寺蓮……怖ろしい人。アイスドールにして最凶の魔王。蓮は、私を何度、言葉で倒すつもりなの」

発熱しそうになってぼうっとして結衣はスマホを持ってそのままベッドにダイヴしてごろんごろんと転がった。

そうして——。

結衣と蓮は、会わないまま、メッセージのやり取りを続けて二週間が経過したのであった。

その後、結衣は、正直、どんな文章を送ればいいのかわからなくて『おはよう』とか『おやすみ』のスタンプを送っている。

メッセージチャットの流出でスキャンダルが雑誌に載る芸能人も多い昨今なので、結衣なりに気をつけているつもりだった。蓮も同様なのか、似たようなスタンプを送ってくる。結衣が友だちに見せびらかしたりすることはないけれど、万が一にでも、スマホを紛失して誰かに見られることがあるかもしれないので、用心するにこしたことはない。

防弾チョッキを着込んで出社して、仕事をし、帰宅途中は週に二回、合気道の教室に行く。メッセージアプリで『いってきます』と『ただいま』のスタンプを送る。既読がすぐにつくときもあれば、時間がかかることもある。連からの返事は『いってらっしゃい』とか『お疲れ様』とか『おかえり』とか。

あるいは蓮のほうから『いってきます』が深夜零時頃に届いたり『ただいま』がやはり朝の六時頃に届いたり。

蓮は多忙で、不規則な毎日を送っていた。

結衣は結衣でそこそこに忙しく、規則正しく毎日を過ごした。

良かったのは、結衣が、命じられた仕事を案外普通にこなすことができたことだった。

――出勤してみたら、ちゃんと働けた。

事務職だというのがポイントで、前世の結衣も、難しい経理はできないまでも小さな会社だったことが幸いし、庶務実務とひととおり齧ってきたので。

コーヒーを淹れるときに台所にあるものをだいたい把握できていたのと同じであった。

仕事のデスクまわりとＰＣのなかのアプリの場所や使い方は難しいものではなく、少し触っただけでさくさくと進めることができた。

それに〝この〟結衣は一般職とはいえ商社勤務なんだから、もしかしたらとても努力をしていたのかもしれない。少なくとも几帳面だったようで、デスクも引き出しもＰＣの中味も整頓されていて、わかりやすい。

――全体になにをやってるのかがまったくわかんないままなのは、つらいけど。

それはこれから学んでいこうと前向きな努力をはじめたところだ。同僚たちの会話を聞いて覚えたり、書類もひとつひとつ真剣に読み込んで、わからないことはあとで調べ直したり。

けれど――どれだけ頑張ろうとも、ミスが起きるときは、やはり起きてしまうのだった。


その日の午後四時、加賀課長が、結衣をデスクに呼びだした。

癖毛を活かしたラフすぎない自然な髪型に彫りの深い顔立ち。少し垂れ気味の優しげな目。そして癒し系の声である。

白いシャツとブルー系のストライプのネクタイ。青みの強いスーツは人によっては学生っぽく見えてしまうことがあるのだが、加賀課長はきちんと大人の男として着こなしている。

「星空くん、二週間前に書類作成を頼んでいたこれ——数字がおかしくないかな。明日の会議で使うからプリントアウトしてもらったんだが」

少し困った口調で、加賀が言う。

差しだされた書類を見て結衣はぎょっとして青ざめた。

「あ」

思わず漏らした声に、

「うん？　どうした？」

と加賀が眉を顰めた。

「いえ」

——これは私と加賀課長が恋愛に移行する分岐点の、残業イベントのとっかかりの書類だわ。

頼まれた書類の数字が一週間後は置き換わっていて、すべてのデータが違うものになっている。結衣が入力し、加賀がチェックをしたあとで、どういうわけかあらためて会社の上層部が外部企業に図表の整形を頼んだら、おかしくなってしまったというから、ミスをしたのは外部企業なのは明白だ。

しかし『星姫』では、なぜそうなったかは誰にもわからないと押し通されていた。「誰もわからない」から、入力した結衣のミスということになった。

おそらく社外にデータを渡した上層部が大物だったせいである。あと、このデータそのものがわりとどうでもいいものだった気配も濃厚だ。重要なものは社外に持ち出せない。

そして、加賀だけは「自分がチェックしたときはちゃんとなっていたから、星空くんのせいじゃない」と言って結衣をかばってくれたのだ。

が、『星姫』では、誰がやったとか原因はどうでもよくて、目の前にあるデータが間違っているということだけが問題なのだ。

それで結局、結衣と加賀がふたりで残業して数字を修正するのである。

そのときに結衣と加賀はすべてのデータを入れ直したあと、結衣は加賀に感謝し、加賀も結衣のがんばりに対して「いつもよくやってくれているの、知ってるから。感謝しているんだ」とねぎらってくれて——ラブモードに突入する。加賀はそれまでのふんわりと優しげだった表の顔を脱ぎ捨て、雄モードに豹変し、結衣は流されて加賀のデスクの上に押し倒されて——。

——あの、会社のデスクで初エッチっていうのが、私には相容れない倫理観で、それで加賀課長は推しにならなかったんだったなあ。

その日の朝には同僚や先輩たちが出社して、加賀のデスクの上に触ったりもするわけで——背徳感のあるイベントではあるが、同僚たちの立場にたったらちょっと嫌だと結衣は思ってしまったのだ。誰かがついさっきまでエッチなことに使っていたデスクとか、そこでいたしていたフロアで働くって、若干の抵抗がないだろうか。感じ方は人によるし、そこがとてもよいと加賀を推しているファンも多かったので、好みの問題なのだと理解しているけれど。

というのはこの際、どうでもいいが。

結衣は、このフラグを折らなくてはならない。加賀課長ルートを開いてしまったら、蓮の幸せが遠のいてしまう。心のなかでぐっと拳を握りしめ、結衣は、加賀から書類を受け取った。

「私のミスです。申し訳ございませんでした。数字を入れ直します」

きびすを返してすぐに入力をはじめようとする結衣を加賀が引き止めた。

「いや、星空くんのせいじゃない。きみはちゃんと仕事してくれていたの知ってるから。僕がチェックしたときには正しいものになっていたのに、いまになって数字が入れ替わってるなんて、おかしいんだ」

「そうかもしれませんけど――どうしてこうなったかの原因は私にはわかりませんから。ただ、私にできることをします。やり直します」

きっぱりと言うと、加賀が結衣をしげしげと見つめて、問いかけてきた。

「星空くん、きみ、切腹を命じられた武士みたいな顔してるけど大丈夫？」

「武士？」

さすが〝遊星からの物体Ｋ〟は独特の比喩で結衣を表現する。しかし、当たらずといえども遠からず。ここが分岐点のひとつ。加賀との残業は避け、かつ、時間制限ありで資料は正しいものに差し替えなければ、蓮が薬物中毒になってしまうかもしれないのだ。

「量が多すぎるからなあ。星空くんだけじゃ無理だろう」

加賀があたりを見渡した。けれど、みんなそれぞれに仕事を抱えているし、ここで余分な仕事を命じられて残業は避けたいから視線が合わないようにしている。みんなの気持ちもよくわかるだけに、責められない。

加賀は誰かに指示をするのを諦めたようで、

「僕も手伝うよ。ふたりでやればなんとかなるだろう」

と結衣を見た。

「けっこうです。私ひとりでやります。武士に二言はありません」

武士みたいな顔と言われたから、武士として返した。加賀がきょとんと目を瞬かせて結衣を見つめ――。

「そうか。わかった。信じるよ。星空くん、いままで僕が見てきたなかでいちばんいい顔をしてる。明日の朝までだ。頼んだよ」

「はいっ」

結衣は書類を手にしてデスクに戻り、しみじみと思う。加賀が〝遊星からの物体K〟でよかった。他の人だったらこんな説明で納得して、うなずいたりしなかっただろう……。

そして――。

終業後もしばらくは、加賀はそわそわとして結衣の世話を焼こうとしていた。

それを「時間さえかければできることなので、課長は課長の仕事をなさってください」と冷たく言いきって、追い返した結衣である。

「でも」

言い募る加賀に、結衣は椅子から立ち上がり、

「時間がかかりそうなんで、一旦外に出てコンビニで軽食と飲み物を買ってきます」

と伝えた。

「ごめん。気が利かなくて。僕が買ってくる。差し入れくらいはさせてくれ」

「私ひとりにそんなことしたら、このあと、課長はあらゆる人の残業に差し入れしなくちゃならないことになっちゃいますよ。なので、いいです」

「そうか。じゃあ……頼むよ」

若干、傷ついた顔になって去っていったので、きっと、加賀の結衣に対する好感度は下がってるはずだ。しかし、良き部下としての姿勢は示せたのではないかと思う。

――このあと、私は加賀課長の前では〝武士みたいな人〟ってことになるのかなあ。

知っているイベントの合間に挟まれる、知らない言葉。はじめてのやり取り。見たことのない相手の表情。

同僚たちも「お先に」と結衣に声をかけて去っていく。

「はい。お疲れさまでした」

と伝え、結衣はすぐ側のコンビニに軽食を買いに走ったのだった。

そうして――戻ってきて働いて――。

とうとう広いフロアに残っているのは結衣ひとりだけになった。がらんとした室内に、結衣が打つキーボードの音だけが響く。

視線を上げると窓に、猫背になった自分の姿がぼんやりと映っていた。ため息を漏らし、両手を上げて、のびをする。肩がばきばきになって、痛い。

数字をただひたすら打ち直していくのは、目も疲れるし、ミスが多くなる。意味のある文章は間違いに気づきやすいけれど、自分でもなにを打っているのかがピンとこない数字だけを入力していくのは、難しい。

できあがったらあとで印字して、もとになった書類とつきあわせて、ミスがないかをチェックしなくては。

デスクの傍らにある書類に手をのばす。束になっているそれを、打ち込んで――頁をめくって、次を打って――。

目がかすんできた。目薬をさして、仰向いて、一旦、休憩だ。

この数字はいったいなんなのだ。この書類はいったいなんなのだ。概要は見えないが、それでも打ち直して正しいものに仕上げなければイベントが終わらない。『星姫』ではさらっと流されたこの残業イベントは、実際にやってみたらものすごい苦痛だ。

――『星姫』だと、加賀課長とふたりでやって深夜三時までかかったってことになってたんだよなあ。

「……徹夜、かなあ。これ」

デスクに置いていたスマホがぶるっと震えた。手に取って確認する。蓮からのメッセージチャットアプリだ。

『ただいま』

蓮が仕事を終えて帰宅したらしい。時刻を確認すると、午後十一時が過ぎている。そりゃあ目もかすむはずだ。五時に仕事を終えてからもくもくと打鍵を続けていたのだから。

結衣は眉間を指で軽く押さえつつ『おかえりなさい』と返信する。

『やっと早く帰ってこれた。これから会える？』

蓮からのメッセージ。泣きそうになるくらい嬉しい申し出だけど、残念ながら今日は無理だ。

『ごめんなさい。いま残業中です。今日は帰れそうにない』

『そうか。お疲れさまです。がんばって』

『はい。がんばります』

送信してから、結衣はまたPCに向き合った。

どれくらい時間が経ったのか——座りっぱなしでの作業なのに不思議とお腹はちゃんと空く。腹の虫が、くぅーっと頼りない音をさせて、結衣の手が止まる。

「もう一回、コンビニに行って甘いものでも買ってきたほうがいいかなあ。だけど、その十分、二十分のロスが惜しい気もするし……」

集中力が途切れているのは自分でもわかる。ぼうっとしてきて、頭が糖分を欲している。

デスクの上の電話が鳴った。ピカピカと光っているのは内線のボタン。社内のどこからの電話だろうといぶかしく思いながら受話器を手に取る。

『十階の、星空さんですか。ビル管理室です。サンドイッチ屋のレンレンの人がサンドイッチとコーヒーお届けだそうです』

どうやら夜間警備の男性からである。

「サンドイッチ屋のレンレン……ですか?」

『星空結衣さんから注文受けてるって。残業でお腹すいて出前頼んだって。このまま上げてもいいですか』

出前は頼んでいない。しかし、サンドイッチ屋の「レンレン」となるとまた話は別だ。

レンレンは、スケジュール管理ロボットの名前だ。結衣の知らない謎機能やお役立ちな使用方法がまだまだ隠れている可能性がある。帰宅しないで残業していたら察知して、勝手に出前を頼んでいるとか。

相手は結衣のフルネームを言って、結衣のフロアまで指定して、オーダーを受けたと堂々と言っているのだし。

「え……と。はい。そのまま上げてください」

ちょうどお腹が空いていた。できたらスイーツとコーヒーがあると嬉しいが、そこまでは望まない。サンドイッチでも充分。レンレンは本当によくできたヒューマノイドロボットだと、キーボードと向き合う。

と――。

「サンドイッチ屋レンレンです。……うわっ、結衣しかいない。そりゃそうか。この時間まで残業って、いまどきそんなことさせるの珍しいもんね」

よく通る美声である。しかも聞き慣れた声である。

カツカツという足音と共に近づいてきた声に、結衣は思わず顔を上げ、視線を向ける。

「……蓮」

蓮が、革のジャンプスーツでヘルメットを持ち、もう片方の手には白いビニール袋をぶら下げ歩いてきた。背中には黒のリュック。蓮のスタイルの良さが際だつ服装だった。足が長い。顔が小さい。

「こんばんは。サンドイッチハウスレンレンです。はい、これ」

結衣のデスクの前に立ち、袋を置いてなかからサンドイッチを取りだした。タマゴサンドとハムサンド。それから期間限定コンビニスイーツの、有名パティシエ監修のエクレアとプリン。

「コンビニで買ってきたもので、ごめん。でも仕事してるなら片手で食べられるもののほうがいいかなって。それと、コーヒーは温かいドリップのと、冷たい缶コーヒーの甘いやつ両方。どっち？」

紙コップのと、缶コーヒー。ドリップコーヒーのいい匂いがふわりと立ち上り、結衣は紙コップへと手をのばす。

「ありがとう。嬉しい。でも……なんで」

「残業って言ったから。悩んだんだけど、差し入れくらいしても許してくれるかなって。ずっと時間なくて会えなかったから顔見たかった」

蓮は結衣のデスクに積み上がっている書類の束と、目の前のＰＣ画面を見比べて眉間にしわを寄せた。

「すごい量。もしかしてそれ全部、打ち込んでから帰るの？　ひとりで？」

「あ、うん。そうなの」

コーヒーに口をつけ、一口飲む。靄がかっていた頭に少しだけ光が差し込む。サンドイッチではなく、エクレアの袋を手に取る。パリッと袋を破いて、かぶりつく。カリカリのキャラメリゼの歯ごたえと、生クリームと、シュー生地が口のなかでひとつになる。糖分が舌先で蕩けて、飲み込んだら、目がカッと開いた。

コーヒー。そしてエクレア。交互に無言で食べて「ふぅっ」と息をひとつ、吐く。

「いままで打ち込んだやつ、印刷してくれたら、つきあわせてチェックするけど？」

「え？　手伝ってくれるの？」

思いがけない申し出に、聞き返す。

「うん。この分量だと明け方までかかりそう。社外秘のデータだったら、断って。そういうんじゃなければ入力もできるから手伝うよ？」

社外秘のものではない。外部に頼んでもいい書類で、ただし朝になったら会議に使う。一体全体なんのためのデータなのかが、正直、結衣にとっても加賀にとっても——もしかしたら会社にとっても——不明なものである。加賀とのイベントを発生させるために無理やり大量の数字を入れさせられているだけで、会社にとっては実はそんなに重要なものではないのだ。『星姫』の創造神はエロのために世界をねじ曲げているので、生活レベルでゆるやかなバグが発生している。

でも、それは結衣の転生前の現実社会も、つきつめてみたら似たようなものだ。「なんでこんな世界設定にした」とか「どうしてこういう仕組みになった」と、つきつめると神さまのバグではないのかと思えることがたくさんあったわけで。

頭に数字がみっしり詰まっている状態のせいか、哲学なのか宗教なのか不明なことをどんよりと考えて——そんな場合じゃなかったと首を振る。

——このイベントは、ふたりいれば乗り越えられる量だった。

結衣以外のもうひとりが、加賀である必然は、ないのかもしれない。創造神はそんな細かいところまで設定していないのではないだろうか。物量としてふたりで明け方までかかるという設定で、だったら、手伝ってくれる相手が蓮であってもいいのだ。むしろ蓮がやってくれたら、蓮との仲も深められ、結衣にとっては一石二鳥。

「……手伝ってくれる？　あ、だけど蓮に貸せるＰＣがない……」

気づけば結衣はそう口にしていた。

「持ち出しができるデータだったら、俺のモバイルで入力できる。外部ストレージに入るぶんだけくれる？　ちょっと待って」

背負っていたリュックを下ろしながらモバイルＰＣを取りだし、立ち上げる。そうしながら蓮は、ジャンプスーツのファスナーを開けて、上半身だけするっと脱いで、椅子に座る。足を引き抜いて、どさっと床に丸めて置く。

「蓮、バイクに乗れるの？」

「うん。大型二輪の免許持ってる。事故が怖いからって事務所の人はいい顔しないけど、移動が楽でしょ？　今日みたいにすぐに駆けつけたいときは重宝。あとカメラマンの尾行もバイクのほうが振り切れるし」

蓮は結衣が選ばなかった缶コーヒーのプルリングを引き開けて、飲む。視線は立ち上げたモバイルのディスプレイ。ＵＳＢメモリを結衣のＰＣに差し込んで「結衣、データちょうだい」と、結衣をうながした。

「……はい」

なんて手際がいいのかと呆気に取られる。バイクの免許を持っていて乗りまわしているなんて知らなかった。モバイルを持ち歩いているのも知らなかった。しかしよく考えたら『星姫』に、天王寺蓮はバイリンガルで、かつ、日本で一番偏差値の高い大学を卒業した秀才だという一文があった。『星姫』には、ハイスペック男子しか出てこないので、その一文はフレーバーみたいなものだと無視していたが、なるほど、ちゃんと秀才である。

蓮が結衣の顔をまじまじと見て、言った。

「結衣」

「はい」

「手、動かして。手伝うって言ったけど、全部を俺がやるなんてひと言も言ってないからね。固まってないで、働いて」

「ごめんなさい。天王寺さんが格好良すぎて、見惚れてました……」

「うん。知ってる」

蓮はあっさりと言い放ち、結衣の隣の席に座ってデータの修正をはじめたのだった。なにをどうしても格好がいい蓮に胸をわしづかみにされながらも、結衣は結衣で、自分の仕事ノルマを果たすためにあらためてＰＣに向き直った。

そのまま――。

互いに無言で目の前の仕事に熱中した。ときどき手を止めてぐるぐると腕をまわすと、蓮が打鍵しているカチカチという音が聞こえる。ちらりと見ると蓮は食い入るようにディスプレイ画面を見つめて、入力を進めている。

あるいはプリントアウトしたものと、もとの書類の数字をチェックしている。

蓮はたまに結衣を見て、でもなにも言わず、すぐに手元に目線を戻す。

逆にこちらを見ている気配を感じ、ふと視線を上げると、蓮と目が合うこともある。疲れた顔をして、首を左右に動かしたりしている蓮を一瞥し、特に会話らしい会話もなく、結衣もまたすぐに自分の作業に没頭する。

同じ空間にいて、同じ作業をして、互いを補い合っている。

静かだけれど、満ち足りた時間だった。

ひとりでやっているときはどこか空しい気持ちを抱いていたけれど、蓮と一緒に作業しているのだと思うと、違う気持ちになれた。ひとりでやったらいつ終わるかわからなかった書類の束がどんどん減っていく。

　最後の入力が終わり――最後の数字のつきあわせチェックが終わって――。

「終わったーっ。すごい。これ絶対に午前三時は越えると思ってたのに。天王寺さんのスピード、すごいですね」

　時計を見たら――午前二時。

「三時と二時って一時間しか違わないよ」

「一時間違ったら、一時間が違うということなんですよ!?」

　間抜けなことを口走る。蓮が呆れた顔で結衣を見た。

「はい、はい。保存して、念のため全部印刷してファイルして、提出すべき人のデスクの上に置いといで。ＵＳＢメモリにも同じもの入れて保存すること」

「はい」

　上司か!?

　上司であっても、蓮ならば好きになってしまう。有能間違いなしだ。結衣は、ひと仕事終えたせいで少し妙な感じにハイテンションになっている。てきぱきと指示通りにデータを保存し、印刷し、ファイルして加賀のデスクに置いて、蓮の前に立った。

　蓮はジャンプスーツを着直して、片手にリュック、もう片方の手にヘルメットを持って結衣を待っていた。

「じゃあ、帰るか。俺のバイク、予備のヘルメット乗せてるから、大丈夫だよ。このままでも、きみのこと送れる。きみの家まででもいいし――ホテルの部屋もとってるけど、どうする？」

「え……ホテルの部屋？」

「当たり前でしょ。だってここ、結衣の職場でしょ？　久しぶりに会ったんだから、キスくらいはしたいけどさ……できないから」

蓮が少しだけ頬を赤らめて言う。蓮が照れた顔をするのは珍しいから、ついしげしげと見てしまう。ツンが美味しい天王寺蓮として愛でていたのに、出会ってしまったリアル蓮はデレが美味しい。

「できないって？」

「俺、キスだけで止まる自信、欠片もないから。絶対に最後までしちゃう。結衣相手だと野獣だもん。理性ぶち切れる。でも、みんなが使うオフィスで、そういうのはナシでしょ？　別に神聖な職場うんぬんって話じゃないけど……なんとなく嫌だし、申し訳ない気持ちになるから」

「……そうなんだ」

蓮って、そういう感性の持ち主なんだ。結衣と同じだ。仕事を終えて、間に合わせることができたハイテンションで勢いづいてデスクに押し倒してセックスしちゃわないタイプの野獣なんだ。

「もしかして、結衣、ここでしたいの？」

蓮が念のためというように確認してきた。

「違う。違います。ここでだけは、したくないなって思ったから」

「じゃあ、ここでじゃなければしたかったんだ」

「……あ」

「決めた。家には帰さない。ホテル、行こう」

きっぱりと言われ、結衣もまた頬を赤らめて、

「……はい」

と、小さくうなずいた。


バイクの種類はよくわからない。赤と黒と白で格好いいですねみたいな感想しか言えない。ただのカバーかと思っていた場所がパカッと開いてなかからヘルメットが出てくるのすごいですねとか、リュックを収納する場所もあるなんて多機能ですねとか、言えば言うだけきっと蓮に笑われるだろうから無言になる。

渡されたヘルメットをかぶって、蓮の後ろに乗る。スカートの裾をたぐり寄せ、尻に押し込む。おそるおそる蓮の身体に手をまわすと、蓮が結衣の手をぐっと引っ張って、言った。

「結衣、そんなんじゃなくもっとちゃんとつかまって」

「……うん」

革の匂いがする。蓮からいつも漂う甘い匂いもする。ごわごわとした革の固い手触りは馴染みのないもので、胸が意味なくどきどきする。

ぶるんっと音をさせてエンジンが始動して、走りだす。景色がするすると後ろへと流れていく。信号で止まって、また発進する度にちょっとだけがくんと前後に揺れるから、結衣の身体が蓮の胸に押し当てられる。蓮の身体なんだと思うと、どんどん動悸が速くなっていく。

——好き。

蓮の顔が見えないまま背中からくっついて、しがみついて、身体の感触とか匂いとかを近くで感じていると甘酸っぱい衝動が湧き上がる。本当に好き。

——私の、男。

「所有格」をつけて「男」呼ばわりしたくなる。

私の男。私の蓮。私の好きな人。

本当は誰のものでもないのは知っているし、結衣のことを誰かが「俺の女」って言ったら「私はあなたのモノなんかじゃないからっ」とちょっとむっとするかもしれないのに、蓮のことを、結衣は「私の男」だと思いたがっている。我が儘で贅沢な感情だ。

ふたりを乗せたバイクはすぐに西新宿(にししんじゅく)の超高層ビル群のなかに建つラグジュアリーなホテルに辿りつく。通り過ぎたことはあるけれど宿泊は縁がないと思っていた高級ホテルだ。駐車場にバイクで乗り入れてエンジンを止め、蓮が結衣を振り返る。

「ここ?」

もっと安いホテルだと思い込んでいたとは、さすがに言えない。でも天王寺蓮は安いホテルには似合わない男だった。

「うん」

ヘルメットを脱ぐと金髪がさらさらと額にかかり、軽く頭を振ってそれをはねのける。まるで映画のワンシーン。きらきらきらきらと、結衣の脳内で勝手に効果音が発生する。

「降りて」

うながされるままバイクを降り、ヘルメットを渡すと、蓮が結衣の手を当たり前みたいに握りしめる。

「はうっ」

手をつながれてしまって変な声が出た。蓮は「なに、その声」と笑ってから、結衣の手を引いて、駐車場からホテルへとエスコートしてくれたのだった。

夢うつつとはこういうことなのかもしれない。

仕事を終えたハンテンションでバイクに乗せられてホテルのスイートルームである。

部屋に入った途端に、蓮は、結衣を抱きしめてキスをする。まちきれなくてたまらなかったみたいにして、何度もくちづける。

「天王寺さ……んっ」

強く腕のなかに巻き込まれ、くらくらと目眩がしそうになる。

触れあうだけのキス。唇で唇を挟み込むキス。舌を差し入れ口腔をまさぐるキス。キスの温度が変わっていき、結衣の頭もぼうっと火照っていく。

感じやすい身体が蓮の舌と唇で解かれ、官能の扉がたやすく開く。内側から蜜が零れだし結衣の下着をしっとりと濡らす。

――キスだけで、濡れちゃう。

「……待って、あの、お風呂入りたい……。髪もぐしゃぐしゃだし……ヘルメットのなかで、汗かいちゃってて、臭うかも」

おずおずと訴えると、蓮がキスを止めて、コツンと結衣の額に額を押しつけて顔を覗き込んだ。

「結衣は、いい匂いしかしない。けど、俺の身体が臭いかもな。革だし蒸れてる」

キスをやめても、蓮の手は結衣の全身をまさぐっている。

しかし、着ているジャケットのなかに差しいれた、胸を揉む手が途中で止まり、

「固い……」

とつぶやいて、笑いだした。

「本当に防弾チョッキ着てるんだ。参考のために見せて」

「えー、やだ」

「やだじゃないって。防弾チョッキ着て会社に通うOLってなんなの？」

言いながら、蓮は結衣の着ているジャケットを脱がせた。ダークグレーのジャケットの下はふんわりとしたネイビーVネックのトップスだ。

「ネイビーの下にかすかに透ける黒い防弾チョッキ……」

感極まった声で蓮がつぶやく。いたたまれないとは、こういうことか。身体を縮こまらせて結衣はしおしおとうなだれた。

「わかってます。おかしいのは承知してます。それはもう本当に自分でもどうかと思ってるんですけど、防弾チョッキの在庫が黒いのしかなかったからこれしか買えなくて。このあとボーナスが出たら白くて目立たない防弾チョッキも買います。そうしたら透けなくな

ります」

蓮が呆れているのはそこじゃないだろうとは思うが、そこしか修正できそうなポイントはないのだ。黒よりはせめて白。

「ボーナスで新しい色違いの防弾チョッキ……？　見たい。まずこの黒い防弾チョッキが見たい」

蓮が声をあげて笑った。笑いながら、結衣のトップスを脱がそうとする。色気なし。好奇心でいっぱい。それはもう仕方ない。結衣が蓮の立場だとしても、そうなる。

防弾チョッキってなんだよって、なる。

「やめてよー」

押しのけようとしても「やだって、見せてって」と結衣の手を止めて、言い返す。いつのまにか、さっきまでのセクシャルな香りは抜け落ちて、子ども同士のじゃれあいみたいになっている。

「やめてって……防弾チョッキのぶんも蒸れて臭うかも。……なのでまずシャワーを浴びてきます」

「まず、って言った？　シャワー浴びたあとなにしたいの？」

意地悪な口調でちらりと結衣を見た。

「え……あの」

「やーだね。見たいってば」

　蓮がするりとトップスの裾から手を入れ、ぎゅっと引き上げた。捲れたトップスの下に覗くのは防弾チョッキだ。

「——うわ、本当だ。防弾チョッキってこういうのなんだ。これマジックテープで着脱すんの？　あー、固い……」

　トップスを脱がせて、次に、防弾チョッキのマジックテープをバリバリと引き剝がす。

「脱がせててまったくエロイ気持ちになれない衣服ベストワンだな、これ」

「……でしょうね。その……なので、このへんでもう今日は」

　いくらエロゲーヒロインの官能受信力があっても、さすがにこれは萎える。キスで昂ぶっていた身体がしゅーっと萎んでいく。

「でも防弾チョッキの下のブラは、綺麗」

　蓮が脱がした防弾チョッキを床に落とす。どすんと重たい音がする。

「え……」

　下着は繊細なレースの高価なものだ。ラベンダー色の上下のセットで、肌が透けているが下品にはならない。

「かわいい」

「かわいいって、それって胸がちっちゃいっていうことです……よね」

「大きくはないね。でも俺は結衣のおっぱい好きだよ。俺の手のひらのなかにおさまって、揉みやすいし……感度もいいし……乳首は綺麗なピンクで、すぐに固くなってピンっと尖るから、つい舐めたくなる」

レースだから結衣の乳首も乳暈も透けて見えてしまう。

ブラジャーのなかで乳首が固くなる。蓮がそれを見て、ふっと息を胸元に吹きつけ、ブラジャーごと、乳首をくりくりと指で摘む。

結衣は、身体をすくめてぎゅっと肩を細くして、小さく息を吐いた。

落ち着いていた身体に、すぐにまた火を灯されてしまった。

「……っ、もう、そういうの、や」

思わず訴えると、

「いやなんだ。うん。わかった」

と蓮がさっと手を引いて身体を遠ざけ、結衣から離れていく。

「え……」

背中を向けてジャンプスーツを脱ぎ捨て、蓮が結衣を置いて歩いて奥へと行ってしまう。

途端に、頼りなくて寂しい気持ちになった。やめてとか、いやとか言いながら――結衣は内心では、期待していたのだ。

足もとに落ちているのは黒い防弾チョッキ。

——こんな女、蓮は、嫌いになるよね。

好感度が下がって、当然だ。

しゅんとして、泣きそうになった。しかし、防弾チョッキを脱がされて、泣きそうになっている自分は、いったいなんなのだ。泣きたいのは実は蓮のほうなのではないだろうか。

こんな女と恋をしていただなんてと、悔やんでいるのかもしれない。

が——。

すぐにまた戻ってきた蓮が困ったような笑顔で結衣に言った。

「バスルームの用意してきた。結衣、なんで泣きそうな顔してんの？」

「だって……嫌われたかと思って」

「嫌わないって」

——そうかな？

結衣は自分で選んで蓮を好きになった。最推しだったし、実際に出会ってみたらさらに好きになった。新しく知る蓮の一面がどれもこれも結衣の気持ちをわしづかみにして、虜になるしかなかった。

でも蓮のほうはどうなのだろう。すべては『星姫』の創造神の思惑通り。結衣に無理に結びつけられて、フェロモンらしき匂いに取り込まれて、とりたてて魅力もなく、いいところもない結衣みたいな凡庸な女性に執着している。

蓮が結衣のスカートのファスナーを下ろした。スカートはふわりと床に落ちていく。

蓮が結衣の腕を掴んで、くるりと身体を反転させる。

背中から抱きしめて、窓辺に立つ。

空は暗い。けれど、窓から見下ろすとビルの照明の光が瞬いている。星空が眼下に広がっているかのよう。赤に黄色に青。宝石みたいな煌めきのなかに、結衣と蓮の姿が映しだされている。

――不釣り合いだわ。

窓硝子に映る自分たちの姿が滑稽に見えて、悲しくなった。

結衣の頭に顎を乗せるようにして笑っている蓮は貴いくらいに美しい。一方、結衣は平凡な、どことい って取り柄のない普通の容姿だ。

「難しい顔してるね、結衣」

さっきまでハイテンションだったぶん、今度は一気に気持ちが降下している。上がったり下がったりめまぐるしいと自分でも思う。根をつめて働いていたあとの疲労が、いまになっていきなり心と身体にどすんと重しをかけている。

「そう……ですね。……こうやって並んでる姿を冷静になって見たら、私たち、つり合ってないなって」

レースの綺麗な下着とストッキングなのにセクシーでもなんでもない、チープな着せ替え人形みたいな自分。

一方、蓮は黒いシャツと黒のボトムがとても似合っている。

ため息と共にそう言うと、蓮が真顔になった。

「俺につり合うくらいの美人なんてこの世にいないから、気にしなくていいって。俺が結衣のことを好きかどうかだけが大切」

思わず笑ってしまった。

この世に蓮にふさわしい女性はいないと当人が言っている。なるほど。だから結衣が異界から転生されてここに来て——蓮と巡り会ったのだろうか。この世界にはつり合う相手がいないから?

おかしな話だが、運命の恋なことだけは、たしかだった。

「私が蓮を好きかどうかは大切じゃないんですか?」

「結衣は俺のこと好きだから、聞くまでもない。それに——身体の相性は最高につり合ってる。それじゃ駄目?」

蓮が結衣のうなじに舌を這わせる。

快感で肌がぞくりと震えた。

「風呂、一緒に入ろう。おいで」

優しくささやいて、結衣のスカートを脱がせ、蓮がバスルームへと結衣を誘う。もつれあうようにして歩きながら、蓮が結衣の胸を愛撫する。掬い上げて、揉みしだかれ、甘い喘ぎが結衣の唇から零れ落ちる。

「あ……っ、ん」

パチンと音をさせてブラのホックが外された。露わになった胸に、蓮がキスをする。舌先で乳首を舐められ、ちゅっと音をさせて吸われ、結衣はたまらなくなって、その場に崩れ落ちてしまいそうになる。

「ひゃ……ん……蓮、やだぁ」

「かわいい。結衣、気持ちよくなると俺の名前、呼び捨てにするから」

「……っ」

「普段は〝天王寺さん〟って他人行儀なのに、セックスのときだけ、何度も〝蓮〟って呼ぶの。理性飛んでんだなあって、ぐっとくる」

「ん……だって……」

「だって？　なに？」

「蓮……も……っ……や」

「胸を弄られただけで、もう、我慢できなくなっちゃってるの？」

「言わない……で……」

くたりと身体が柔らかくなって、目が潤む。足のあいだから蜜が零れ、甘い快感が全身を這い上ってくる。

バスルームに続くドアは透明な硝子張りだった。ジャグジーつきの広いバスタブ。すぐ側に窓があって、湯船につかったまま新宿の夜景が見下ろせるようになっている。こぢんまりと仕切られているバスルームしか知らない結衣にはなにもかもが新鮮だ。

立ち止まり、蓮が傅(かしず)くように結衣の足もとに膝をつく。そのままストッキングのウエストに指をかけ、下着ごと、するするとおろしていく。剝ぎ取っていった場所に、キスをする。淡い茂みにもくちづけられ、恥ずかしくて足を閉じる。でも力を入れたせいで、よけいに感じてしまうのだ。

すべてを脱がせ、蓮は先にお湯をはったバスタブに足を入れる。見ないようにしても蓮の屹立が目に入ってしまう。興奮して勃起したそれが、結衣のなかに滑り込む感触を思いだす。奥を突かれて達したときの記憶が蘇り、結衣の喉がこくりと鳴った。

「おいで」

差しだされた手を取って、そっとバスタブに身体を沈ませる。蓮が結衣の身体を背後から抱きとめる。蓮に背中を預けるようにして座る。蓮の屹立が結衣の後ろに当たる。

前にまわした手が結衣の茂みをかきわけ花園を乱す。陰核を包む皮をそっと捲り、指の腹でやわやわと揉みこまれ、結衣は小さな悲鳴を上げる。

「……ふ……あぁ」

身体がふわりと浮き上がるような快感に囚われる。弄られた陰核が熱を持ち、ぷくりと膨らむ。

「結衣、すごく濡れてる」

「濡れてるって……それは……お風呂のお湯が……」

湯のなかだからどこもかしこも濡れてるじゃないかと反論すると、

「違うよ。結衣ので、濡れてる。手触りが違う」

蓮が結衣の身体を抱え、さらに煽るように指を動かした。左手で結衣の乳首をくりくりと摘みながら、右は敏感な陰核を捏ねる。

「そんなの……わかんないじゃないですか、どっちかなんて」

「わかるよ？　触ってみて」

蓮が結衣の手を取り、自らの勃起を握らせた。後ろへとねじるようにしてまわした手で、蓮の屹立に触れる。

「俺のも、濡れてるでしょ？」

ぬるりと指にからみつく蓮の先走りは、湯のなかでも違う手触りだった。

「ね？」

「……ん」

「そのまま結衣の指で少し扱いて？」

後ろから抱きしめられて、耳元でささやかれ、結衣は小さくうなずいた。蓮が感じてくれているのが伝わって、それだけで結衣ももっと気持ちがよくなってしまう。ゆるゆると蓮のを扱くと、蓮も結衣の指の動きに呼応するように、結衣の胸や花園を指と手のひらで乱していく。

気持ちがよすぎて、結衣は腰を自然とくねらせている。悦楽にたやすく堕ちるこの身体が恨めしく、恥ずかしい。耳がぽうっと熱くなり、うつむくと、結衣の会陰を弄る蓮の綺麗な指が視界に入る。指の動きを追うように、くねる自分の淫らな身体の動きに、かっと顔が熱くなる。

けれど、止まらないのだ。上下に陰核や会陰を擦られ、息が上がる。

「ん……っ」

蓮の指が結衣のなかにするりと滑り込む。

「あっ」

内襞が蓮の指に捲られ、ひくひくと蠢く。結衣の感じる場所をまさぐるようにして手のひらを陰核に押しつけて捏ねながら指でなかを弄る。内側と外側の感じる場所を同時に愛撫され、結衣の全身を快感が駆け巡っていく。

蓮を扱いていた指が離れる。他のことが考えられなくなる。ばしゃりと水音が跳ねる。溺れてでもいるようにぱしゃぱしゃと結衣の手は水面を何度も叩く。

「や……、ああっ……ふぁん……」

そう、溺れているのだ。

快感に溺れて、波に飲み込まれ、そこから抜けだせない。悦楽の底に引きずり込まれ、結衣は目を閉じる。感じすぎて、涙が滲む。

「や……イっちゃう……」

頭のなかが真っ白になる。

足の先までびりっと官能の電流が走り抜け、そのあとでくたりと全身から力が抜けた。

蓮の指が引き抜かれる。結衣を後ろから支え、腰を浮かせ、指のかわりに蓮の屹立がなかに差し入れられる。ぶすりと一気に突き抜かれ、結衣のなかが蓮でいっぱいになる。

達したあとの感じやすい身体は、蓮の屹立に悦んでいる。ぬるぬると濡れた内側は快感で内襞が膨れている。蓮の形に押し広げられたそこが、さらに深い快感を貪欲に貪りだす。

「あ……ああっ……」

唇を嚙みしめて、快感に身体を震わせる。蓮が結衣の乳房を揉んで、固くなってしまった乳首をきゅっと指先で摘んで弾く。

うなじや耳にくちづける蓮の呼吸も荒い。

水音と、互いの荒い息。結衣の唇から零れる淫らな吐息。

涙で滲む結衣の目が、綺麗な夜景を背景にして硝子に映しだされている自分たちの姿をぼんやりと見つめる。バスタブでむつみ合うふたりの姿。蓮の金色の髪がきらきらと光っている。

「蓮……蓮……」

名前を呼ぶと、蓮が「うん」と返事をし突き上げる。深みに囚われたまま、楔につながれて――結衣の理性は溶けてしまい、ただ気持ちがいいとしか考えられない。

「ああ……っ」

二度目の絶頂は、一度目のそれより深く、激しいものだった。ひくひくと全身がおののいて、内襞がぎゅうっと窄まり、蓮の屹立を締めつける。取り込むように蠢く結衣のなかに、蓮は白濁をぶちまけた。

そうして――。

すべてが終わったあと、蓮は結衣の身体を丁寧に洗って――ふたりはベッドで抱きあって眠りについたのである。少し早めに目覚ましのアラームを鳴らし、蓮は結衣をバイクで家まで送ってくれた。

着替えて出社すると、加賀は結衣より早く会社に出てきていた。提出したデータやファイルを確認し、

「よくやった。ありがとう。助かったよ」

と結衣をねぎらってくれた。

以降、結衣と加賀とのあいだではイベントは発生せず、加賀との恋愛フラグは無事に折れたまま、つつがなく結衣の日々が過ぎていった。

4　ストーカーには気をつけて

結衣と蓮は互いの時間をどうにかすりあわせ、逢瀬を重ねていった。会えないときは短い時間でも電話で会話をした。蓮の性格がわかるようになったから、メッセージチャットアプリの文字の羅列でも、彼の体温を感じることができた。

蓮にとってもそれは同様らしく、結衣の押したスタンプはいつも結衣の声音で脳内で再生されると、いつか笑ってそう言っていた。

会えない時間もふたりの心は寄り添っている。

たまに会うと心だけではなく身体がぴたりと貼りつき、寄り添ったきり離れない。

加賀との恋愛フラグを折ってから、気づけば三ヶ月が経過し――十二月はじめ。

ショウウィンドウのディスプレイはクリスマス一色。どこを歩いていてもクリスマスソングがＢＧＭで流れ、街角は煌びやかだ。小さな商店街の通りにもイルミネーションが飾られて、夜になると光が瞬く。
冬。
人恋しくなる季節だった。

その日、結衣は蓮のためのクリスマスプレゼントを探しに会社帰りに新宿に買い物に出た。本当は蓮ならば銀座だろうかと思ったが、結衣には敷居が高かった。防弾チョッキで懐が寒いためプレゼントに大枚をはたけない。かといって安いものはどれもこれも蓮にはふさわしくない。

――『星姫』の誕生日プレゼントの選択肢がなあ。

結衣は嘆息して思いだす。好感度が上がっていたら、蓮の部屋で結衣の手料理をふるまい、髪にリボンを結んで「プレゼントはわ・た・し」というのが蓮のお好みだったのだ。まさかそれがいちばん喜ぶとは思っていなかったので、その選択肢で好感度が上限突破してとても驚いたのを、よく覚えている。

――蓮って、そういうのが好きなんだよなあ、意外と。

ちなみに好感度が上がっていないときは消耗品の高級ティッシュペーパーのセットを喜んで受け取ってくれた。

それでいくとクリスマスもベタに「プレゼントはわ・た・し」でいいのかもしれない。

「だけどさ……もうちょっとちゃんとしたもの、あげたいじゃない。ティッシュペーパーとか、蓮が好きで飲んでる紅茶とかでもいいんだろうけど？」

ぽつりとつぶやく。

できるものならイブは部屋で過ごす計画をたてたいところだが、蓮の申し出を結衣は却下した。だって蓮の部屋で過ごしているのを雑誌のカメラマンに撮られてしまってはまずいではないか。さらに蓮にはストーカーがいるはずなのだ。いつか結衣を刺しに来る予定のストーカーが。

熱愛発覚という記事になるのは避けたいし、ストーカーに結衣との関係性を見抜かれては困る。

結局、ホテルの部屋を借りてそこでふたりで過ごすことになった。そんなに高級なところじゃなくてもいいと言ったけれど、蓮は結衣と会うときはいつも、はじめて連れていってくれた新宿の高級ホテルを使用する。

といっても部屋の予約をとっただけで、予定は未定。蓮は売れっ子の芸能人なのでイブの夜に間に合うかはあやしい。結衣が先に行って宿泊して、蓮は明け方にちらっと顔を出すだけになるかもしれない。

「……お弁当作っていこうかな。案外、蓮はそういうの好きだから」

それだと部屋から出なくていいし、外で会う機会を減らしたほうが、他人に見つかりづらい。

「だったら、やっぱり見映えがよくてかつ美味しいもの作りたいんだよなあ。次の休みにうちで練習してバンビに食べてもらって意見をもらおう……」

とりたてて料理が得意なわけではないから、練習しないと不安だ。冷めても美味しくて綺麗な仕上がりのお弁当と、あとはクリスマスケーキ。

あれこれ思いあぐねながら雑踏をひとり歩いていると――。

「星空結衣」

ふいに名前を呼ばれた。

「え？」

足を止めて声のした方向に顔を向ける。

結衣を呼んだのは、冷徹な美貌の持ち主である。フレームレスの眼鏡(めがね)の奥で光る鋭い双眸。均整のとれた細身の長身の体軀。シルクの黒いシャツ。白いネクタイ。仕立てのいいダークスーツの襟には指定暴力団山内会(やまうちかい)のバッジが光っている。

「……あなたは？」

一応、そう尋ねた。が、実は聞かなくてもわかってしまった。

――荒滝剛(あらたきごう)。

指定暴力団山内会の若頭である。彼も『星姫』の攻略キャラのひとりだ。血と暴力と金の世界で生きてきたスタイリッシュやくざで、眼鏡が似合う頭脳派——のはずだが、そんなに頭脳は使わない。暴力団社会の怖いところやリアルさを表現してしまうと支障があるせいか、どうしても不動産取り引きとか株主総会というシーンが描かれがちで、ただのスタイリッシュな社畜に見えなくもないのがご愛嬌。

しかし、たまに暴力団ネタが入ると、いつもオラオラ系の部下を引き連れてくるため、ファンの間ではオラタキゴウとかオラゴウなどと愛を持って呼ばれていた。

そもそもの結衣との出会いが、新宿で、結衣がチンピラにからまれているのを見かけて助けてくれるのだ。

その出会いからスタートし、たてつづけに三回、結衣が暴力沙汰でピンチになるとやって来て助けてくれるため「オラキタゴウ！」「ベタ展開だけどオラキタゴウ。待ってました」とみんなが言っていた。

もちろん結衣もそう呼んで盛り上がっていたのだ。

暴力沙汰になったときのオラキタゴウの安心感たるや。オラオラ部下が相手に凄み「なんだと」と逆上した相手が殴りかかってくるのをさっとかわして一撃でのす。そして相手はオラゴウの襟元のバッチに、のされたあとで気づき、へこへこと頭を下げて去っていく。

——でも、なんで？

結衣はいま誰にもからまれていないではないか。平和な気持ちでウィンドウショッピングをして、クリスマスらしいお弁当の献立を考えてほわほわしているだけなのに。

——オラキタが、オラキタする理由はないよ!?

しかも荒滝は部下を連れずにひとりでいる。

荒滝は無言で結衣を見返し、腕を掴む。

「きゃっ……。なにするんですかっ」

荒滝が相手でなければ、習っている合気道で「えいや」と腕を払って、捻ってやるところなのだが——。

「取って喰いやしない。少し話がしたいだけだ。そこの店まで、黙ってついてこい」

低く渋い声で、凄まれた。眼鏡のレンズの奥で、怜悧(れいり)なまなざしがきらりと瞬く。獲物を見つけた猛獣の目だ。

荒滝の放つオーラに周囲からざっと人が引く。どう見てもやくざ。そして、やくざにからまれている普通の女——結衣という構図だ。

——おかしい。『星姫』だと、こういうことがあると荒滝がオラキタして助けだしてくれるのに。オラキタゴウがむしろこれではチンピラ不良役じゃないの!?

なにもしていない結衣に街中で声をかけ、腕を掴んで引っ張っていくとか。

「店って……なんの店ですか」

必死で足を突っ張って抵抗する。

荒滝がふぅっと息を吐き、顔を近づけて結衣の耳もとでささやいた。

「……天王寺蓮」

「え？」

思いがけない言葉に結衣の動きが止まる。

「奴に関する話だ。まわりに人がいた状態で話をされると困るのは俺じゃなく、あなたのほうですよ。別に俺はここで話してもかまわないんだぜ？」

無言になった結衣を見て、荒滝がにっと口角を上げて微笑んだ。危険な男という表現がぴったりの不敵な笑い方。

丁寧調とオラオラが絶妙に混じりあう話し方。そうだった。荒滝剛はこういう男だったと結衣は思い返す。いろいろと設定を盛り込んだ結果、若干バランスが壊れ、その不均衡さがファンのみんなに好まれてネタとして扱われていた。

ただし、やっぱり顔と声がいい。

シュッとした端整な顔に眼鏡。それに、あきらかにカタギじゃないとわかる類の高級スーツ。二次元のスチルでは表しきれなかった暴力の匂いが、実際にこうやって立体化された彼からむんむんと迸っている。それが、危なげで、色っぽい。

「すぐそこにうちが経営してる傘下のニュークラがある。控え室で少し話し合おうか」

「私には話し合うようなことはなにひとつないですけど……」

「俺にはあるんだよ」

ぐっと腕を引く。今度は足を踏ん張ることなく、ついていくことにした。蓮に関わるなにかを荒滝が握っているというなら、聞かねばならない。

それに、いままでは、恋愛フラグの立ち方は結衣にわかるものだったけれど、今回は『星姫』からも、いま生きているこの世界からも、ずれているのが気になった。ヨシくんの場合は、バンビの幼なじみだし、転生前の〝結衣〟とも関わりがあったのだから、突然、部屋を訪れることはおかしくない。それに『星姫』でも、バーのバイトが急に辞めてしまったからバイトを探しているというイベントを契機に、仲が深まっていた。そのフラグを折れば、結衣はヨシくんとは結ばれないことが、はっきりしていた。

加賀課長もそうだ。転生前から〝結衣〟は加賀課長の部下として働いていた。すでにふたりは知り合いだった。『星姫』では結衣の入力したデータの数字がおかしくなって、それを直すための残業イベントが恋愛のフラグとなっていたから、加賀と一緒に残業しないことで恋愛フラグが折れ、結衣は無事に恋愛を回避できた。

——でも、荒滝さんとのイベントは新宿でチンピラにからまれたのを助けてくれるもののはずなのよ。

こんな出会い方じゃない。

これでは荒滝がチンピラである。

──私の知っている『星姫』からどんどんずれていってる。

結衣の存在がこの世界を引っ掻きまわしてしまったのだろうか。それともこの世界はもとからこんなふうだったのか。

「そんな引っ張らないでくださいっ。ひとりで歩けます。手を離してください」

「駄目だ。離したら逃げるだろう?」

「逃げない……です」

荒滝が「どうだか」というように結衣を見る。手は離さない。ただし引きずる力が弱くなった。

「どっちにしろ、ここのビルだ。俺に城までエスコートさせてくれよ、お嬢さま」

出入り口の横にポッンと置いてあるのは電気の消えた看板だ。『花の城』という飾り文字。きっとそれが傘下のニュークラなのだろう。

──城までエスコートって。

口に出さずに心のなかでつぶやいて、ちらりと上目遣いで荒滝を見る。『星姫』のときから荒滝はこういう言いまわしをする男だった。組関係という仕事もそうだが、とことん感性が合わなくて、荒滝の選択肢は毎回ミスっていた結衣である。

ビルのエレベーターに乗って五階まで。降りるとすぐにニュークラの店の扉がある。つるりとした黒いドアに店名が記載されている。

ドアを開けて入ると、まだ営業前で店のなかは薄暗い。

だらけていた黒服たちが荒滝を見てピシッと背筋を正す。

「荒滝さん、お疲れさまです。どうしたんですか」

「控え室、空いてるか？」

「何人か女の子いますけど」

「借りる。こいつとふたりきりにしてくれ」

荒滝が顎でくいっと結衣を差し示す。黒服が「はいっ」と返事をし、奥のドアを開け
「ちょっと部屋から出てくれるかなー」と声をかけた。なかから女性が何人か出てきて、
荒滝を見て、ぺこりと頭を下げる。

無人になった控え室に、通された。

広くて明るい部屋で、鍵つきのロッカーがずらりと並び、壁にはメイク用の鏡と椅子が
据えられている。どっしりとした丸テーブルがふたつあり、そのまわりに座り心地の良さ
そうな椅子が配置されている。

椅子をひとつ引き、

「座れ」

と命じられた。ここで反抗しても仕方ないので、鞄を膝に置いて素直に椅子に座る。荒

滝はテーブルを挟んだ結衣の正面に座り、テーブルに片肘を乗せ、結衣の顔を覗き込んだ。眼鏡のブリッジに指をあて、くいっと上げると、スーツの内ポケットから写真の束を取りだしてテーブルの上に置く。半円を描くように指で写真を広げていく。

ちらっと写真に視線をやった結衣は、そこに写されているものに気づいて、はっと息を呑んだ。

「……これって」

結衣と、蓮である。互いの時間の都合をすりあわせて泊まったホテルのエントランスを歩くふたり。エレベーターに乗り込むふたり。それとは別の日のバイクにふたり乗りしている様子。

結衣は慌てて表情を取り繕う。

「私、一度だけ天王寺さんのマネージャーをしたことがあって、そのご縁で、たまに仕事のお手伝いをさせてもらっているんですけど……それが、なにか?」

つんとしてそう言った。バイクの写真は蓮も結衣もヘルメットをかぶっているから、知らなければ誰が乗っているかはわからないだろう。他の写真も、結衣はいつも周囲の目を気にかけているから、距離を置いて歩くようにしている。あらためて見てみても、恋人同士という雰囲気ではない。

「天王寺蓮、熱愛発覚っていう記事をたとえば〝文句(ブンシュン)〟に売ったらさ、どれくらいの金になんのかね」

週刊文旬には芸能人のスクープ記事がよく掲載される。どこよりも早く、えげつない記事を打ち上げるので〝文旬砲〟と呼ばれている。文旬に取り上げられた結果、人気が凋落してしまう芸能人も多い。

「こんなただ歩いているだけの写真なんて、一円の価値もないですよ」

「……他に決定的な写真もあるが、それは隠し球だから見せられない。忠告してやるよ。いつも同じホテルで、同じ部屋に泊まるのはやめたほうがいい。俺みたいなのに隠しカメラや盗聴器を仕掛けられることもあるからな」

――隠しカメラに盗聴器？

薄く笑い、荒滝は、懐から取りだした手のひらにおさまるサイズの録音機器の再生ボタンを押した。押し殺した女性の喘ぎ声が流れた。

――これって、私の声？

思わず椅子から立ち上がり、録音機器に手をのばす。荒滝が「おっと」と結衣の手を躱し、機器の再生を止めた。

「録音したのはこれひとつだけじゃない。写真もさ、破って捨てようが燃やそうが一番やばいデータはこっちにある」

口元は笑みを刻んでいる。けれど眼鏡の奥の目は笑っていない。

「本当に盗聴とか盗撮とかしたんですか……」

結衣が言う。

「ああ」

「それを……どうするつもりなんですか」

結衣は荒滝を睨み、聞いた。

「さて……どうしようか。あんた次第だよ、星空さん」

「私次第？」

「俺は、あいつよりもっと前からあんたに目をつけてたんだ。あんた、俺の女になれよ。あんな優男より俺のほうがずっといい想いさせてやれるぜ？　俺のもんになるならこのデータは全部なかったことにしてやる」

予想もしなかったことを言われ、結衣は混乱する。

——こんなルート知らないってば……。

荒滝はやくざだが、チンピラではなかった。『星姫』のなかではそうだった。攻略キャラなのだ。ときどきネタキャラ扱いはされるけれど、一本筋が通っていて、渋い色気を醸しだす、いい男。

「そんな……ずっと前って……私たち今日はじめて会いましたよね？」

それに結衣が荒滝の出会うきっかけはこんなものではなかったはずで。

——私がいろんな相手とのフラグを折り続けて、筋道を変えてしまったから、世界が変わってしまったっていうこと？

いままでは『星姫』世界と現実との違いは、微調整程度のものだった。が、今回のは根本的に違う。攻略キャラクターのひとりが改変されてしまっている。主役のひとりだったのに、どうして三下みたいな役割を担っているのか。

「俺があんたを見かけたのは一年以上前だ」

「一年以上前……ごめんなさい……覚えてない。どこで、どんな出会いを……？」

おずおずと尋ねる。

結衣が転生する前に、荒滝とのイベントをこなし、恋愛フラグがたっていたのだろうか。荒滝の好感度を上げたまま、結衣が蓮のほうに突っ走ってしまったため、こんなバグが起きたということか？

「出会ったっていうより、俺があんたを見かけたっていうだけだから記憶になくてもおかしくはない。バー『N.O』って店で、俺はあんたを見つけたんだ」

「……見つけたってどういうことですか？」

参ったなあと思う。バー『N.O』しか酒が飲める店がないわけではなかろうに、みんな『N.O』に来すぎではないだろうか。

「いつもは入らない店に入ったら、あんたが派手な金髪の女と楽しそうに笑って酒を飲んでたんだよ。他の客が、俺と俺の部下の姿を見て、しーんとしたのに、あんたとあんたのツレだけは俺たちが来てもそれまでと同じに、ずっと楽しそうに話し続けてた」

金髪の女は、バンビのことだろう。そうか。みんなが無言になったのに結衣とバンビはけらけら笑ってお酒を飲んでいたから、目を引いたのか。

「あんまり楽しそうにしてたから、俺はあんたを見てつい、笑っちまったんだ。子どもが無邪気に遊んでるのを見て微笑ましくなるような、そんな気持ちでさ。そんときあんたと俺の目が合って——だからなにってこともなく、あんたはただ俺を見ただけだったのに——俺は生まれてはじめて、ひとめ惚れっていうやつをした」

「え……？」

「その後、あんたの素姓を調べたよ。カタギで、いいところに勤めてる、俺の生活とは無縁のお嬢さん。手を出したら、あんたの生活を壊しちまう。だから遠くからたまに見るだけにした。あんたが俺とは縁のないところで幸せに生きてるのを見て、それで満足してた……けどなぁ」

なんで、あんなちゃらいの選んだんだよ、と、荒滝が失笑する。

「気づいたときにはあんた、あの男とつきあいだしてた。俺はむしょうに腹が立ったよ。カタギのお嬢さんだからって諦めてた女が、駆け出しの芸能人に喰われるのは我慢できなくってね。もっとまともな手堅い会社に勤めてる男とつきあってんなら、俺はずっと見守ってるだけだったろうが——あれが相手なら話は別だ」

——保護者か⁉

父親が娘に言うような言葉がちらちらと混じっていることに絶句する。芸能人みたいな水商売の若者とつきあうのは許しませんよと大反対されている。

しかし、ずっと見守ってきたというと聞こえはいいが、たぶんやっていることはストーカーで盗撮と盗聴。犯罪者だ。指定暴力団の幹部だし、犯罪者組織なので、そういうのはお手の物。そのうえで「まともで手堅い会社に勤めてる男とつきあってんなら」見守っていたのに、とはどういう理屈だ。

「芸能人なんて水物の商売だ。カタギじゃない。どうせカタギじゃない相手とつきあうんなら、俺が相手でもいいじゃねーかって思ったんだ。俺はあんたをひと目見たときから、ずっと、あんたとやりたかった。その場で押し倒して、犬みたいにマーキングしたいっていう獣じみた衝動をなんとか堪えて、遠くから黙って見続けていたのにさ。あんた、俺の女になれよ。やらせろよ」

驚きの展開すぎて言葉が出てこなかった。脳内で「?」マークが乱舞し、ちかちかと点滅している。なんで？　なんで？　こうなった？

——ヒロインのフェロモンが作用しているのか⁉

あれ、と思いだす。荒滝もバー『N.O』に客として訪れていたとして——そういえば、ったような。

ヨシくんが、結衣からはいい匂いがするという話をしていたときに、引っかかる発言があ

結衣のフェロモンは、誰かと恋に落ちたら匂いが変わるらしくて——。

ヨシくんは言っていたではないか。

——〝それって相手が別な誰かを好きになったっていうことの比喩だろ。むしろ燃えるし、こっち向けよって強引に腕引っ張ったり、押してったりするもんじゃないか〟って言う奴もいたって。

それがもしかして荒滝か!?

そんな伏線、さらっと軽い会話のなかに紛れこませないで欲しい。いまこの瞬間まで、荒滝の存在や、フェロモンの匂いの変化で燃え上がる寝取られ属性キャラがいることに、まったく気づいてなかった……。

「やりたいって、いま？　ここで？」

なにせここはエロゲーの世界。どこでもセックスイベントが発生し得る。たとえそれがニュークラの控え室で、出会いがしらいきなりであろうとも、フラグが立ったらエッチシーンがスタートする。

——私の敏感すぎる性感帯、荒滝さんに対してガードできるの!?

蓮以外とはセックスしていないのでわからない。もしかしたら誰に対しても結衣の身体

は反応してしまうのかもしれない。どうしよう。とんでもない貞操の危機だ。

「もちろん」

——もちろんなんだ!?

絶句する結衣に、荒滝が微笑む。どうしてここで笑うのか。勘弁してくれ。

「服はそのままでいい。下着だけ脱いで、こっちに来い」

「……そんな…………」

「断ることなんてできないぜ。芸能界とこっちの世界はつながってるんだ。プロダクションには知り合いも多い。あいつの事務所をつぶすこともできるんだよ、俺は」

「卑怯……ですね」

「ああ。卑怯な手を使っても、あんたが俺のもんになるならそれでいい。いますぐ俺の女になれ。マーキングしてやるよ。あんたについた、あいつの匂い、全部、俺の精液で消してやる」

「ゲスですね……」

「やくざなんでね。……あいつと別れないなら、このデータ、文句に売るぜ？　あいつは、まだド新人だ。スキャンダルひとつで人気なんて、がた落ちだ。どうする？」

真顔で言われ、ぞっとした。

「どうするって……」

荒滝の端整で綺麗な顔立ちが、いまはもう嫌悪の対象でしかない。気持ちが悪い。舐めまわすように全身を見つめられ、鳥肌が立つ。

こんな告白をされて、ときめくはずがない。恋愛イベントの発生ポイントとしては最低最悪。創造神もなにを思ってこんなクソなシナリオを作ったんだ。責任神、出てこいと怒鳴りつけたい。

なにが嫌だって――〝荒滝剛はこんな卑怯な男じゃなかった〟と結衣が覚えているということだ。

「荒滝さん、そうじゃなかったですよね。本当はそういう人じゃなかったはずです。そりゃあ、やくざだし、悪いことだってしてきた。けど、一本、筋は通ってて――男が惚れる男なんじゃないんですか？　女をこんな形で泣かせる男じゃないんじゃないですか？　あなたは女を助けることはあっても、女を貶めるような人じゃない。そういう昔気質なところのある、かわいいところがある任侠の男だったじゃないですか」

咄嗟に結衣はそう口走る。

「……ずいぶん俺のこと買ってくれてんだな、結衣」

名前を呼び、荒滝が結衣に向かって手をのばす。結衣は跳びはねるようにぴょんと椅子から立ち上がった。

おかしなことを言ってしまった。『星姫』を経由して知っているだけで、いまの結衣にとっては荒滝は今日はじめて会った相手でしかないのに。

鞄を手にし、ドアに向かって急ぐ結衣に、荒滝が大股で近づいてくる。

「──待て。結衣。おい、逃がすかよ」

低い声で言い、結衣の腕を掴んだ。

──嫌っ。

瞬間的にそう思った。

この世界での結衣のエロゲーヒロイン属性の高さといったらとんでもないはずなのに。

それでも嫌だと思ってしまった。

──蓮以外の男に押し倒されたら、舌を噛んで死んでやるっ。

結衣の身体が、自然に動く。ずっと習ってきた合気道の護身術の技である。

片足を軸にしてぐるりと振り返り、鞄を床に落とす。空いた片手で手刀を作る。掴まれている手をそのままに、一歩踏みだし近づいて、手のひらで荒滝の肘のところをぐっと押す。

掴まれていた腕がほどけ、荒滝が目を丸くしている。

「……結衣っ。待て」

「待つわけないじゃないですかっ」

結衣は鞄を拾い上げ、ドアを開け、一目散に逃げだしたのであった。

後ろを振り返りながら、タクシーに乗った。家の住所を告げると、心臓がばくばくと早鐘を打っている。タクシーに乗っても、荒滝がついてきているような気がして、何度も後ろを見てしまう。それらしい車はつけてきていない。

――盗撮カメラとか盗聴とか……。

結衣の部屋は大丈夫だろうか。家に戻ったらあちこちチェックをしてみなくては。レンレンに聞いたら、盗聴器があるかどうか教えてくれるのだろうか。スケジュール管理ロボットは防犯管理はしてくれないらしいけれど。

――とにかく全員の攻略キャラとどうしても巡り会うことになるの？　それとも荒滝だけが特殊なの？

わからない。

ここまで展開が変わってしまうのなら、なんでもありだ。

ここは結衣の知っている『星姫』の世界ではない。別物だ。

鞄からスマホを取りだす。自分の手が震えていることに、やっと気づいた。

「怖かった」

ぽつりと言葉が零れる。

触れられた箇所が、痛い。

蓮に触れられて、強引にされたときは嬉しかったのに、荒滝に腕を掴まれた瞬間、結衣の身体を走り抜けたのは嫌悪感だけだった。怖くて、気持ち悪くて、とにかく逃げだしたかった。

「私……」

蓮以外とは、したくない。蓮にしか、触られたくない。

他の誰ともしたくない。『星姫』の攻略対象者のなかで、結衣にとって特別なのは蓮だけなのだ。自分がヒロインだから、流されて、抗えずにセックスをしたのだと思っていた。でも、そうじゃない。

──ヨシくんにはときめかなかった。加賀課長とも、したくなかった。いい人たちだってわかってたけど、いい人であろうと、素敵であろうと、私はしたくなかったの。

最初から結衣の心と身体が反応したのは、蓮だけだ。

震える指で、メッセージチャットアプリを呼びだす。少し考えてから、蓮に『しばらく忙しくなるから、会えない』と送る。

──本当はいますぐ会いたい。

怖かったと言いたい。抱きしめて欲しい。大丈夫だよと言われ、守って欲しい。だけど。

どこかに仕掛けられた盗聴器。盗撮用のカメラ。もしかしたらいまも結衣は、つけられているのかもしれない。荒滝が自分で結衣を見張っていたとは思えない。部下の誰かにまかせていたのだろう。だとしたら映像も音声も、荒滝だけではなく、他の誰かが見て、聞いている。

怖いのは、些末なところは違うのに、大きなところの辻褄は合っていることだ。『星姫』では、文句に写真を撮られて記事になるのが、蓮が世界を滅ぼすに至るきっかけとなっている。

——とにかくスクープを出されたら、終わりなの。

熱愛騒動に、腹を立てた蓮の熱狂的なファンが結衣を襲う。そして結衣が怪我をする。それを理由にして蓮が謎の力を手に入れて、世界すべてを呪いだす。『星姫』を遊んでいたときはげらげら笑っていたのだが、その世界に取り込まれて生きることになった結衣はもう「クソシナリオだ」なんて笑えない。

「でも……合気道が役に立ったし……なんとか……なる。違う。なんとかするのよ。防弾チョッキもあるし、私は負けない。私は蓮を魔王になんてしない……スクープが出ても、私が刺されなければ世界は滅びない」

口に出したら、あまりにも馬鹿げていて、乾いた笑いが零れた。

エロゲーのヒロインに転生して、防弾チョッキを着て合気道を習い、魔王の誕生を阻止して世界を守るルートをひた走ることになろうとは——前世の結衣はそんなことを想像もしなかった。

クソゲーである。バカゲーである。トンチキゲーである。

しかしこの突拍子もないゲーム世界を現実とし、結衣も含め、みんながここで「生きて」いるのだった。

スマホがぶるっと振動する。蓮からの返信だ。

『そっか。もうすぐ年末だし会社の仕事忙しくなるって前に言ってたもんね。わかった。イブの日に過ごせるのを楽しみにして我慢する』

——はじめて過ごすクリスマス・イブは一緒にいようねって、早くにホテルの部屋を予約してくれてたのに。

盗撮に盗聴。そんなことがあったと蓮に伝えたらどうなるのだろう。きっと蓮は怒る。『星姫』とは違う展開だが、この怒りがトリガーとなって蓮が魔王になってしまうかもしれない。

『ごめん。イブも一緒にいられない』

ごめんなさいのスタンプを押すかどうしようか迷って、やめた。

すぐに蓮から電話がかかってくる。出て、蓮に「どうして」と聞かれたら、なんて答えたらいいのだろう。嘘をつきたくないが、本当のことは絶対に言えない。

ぎゅっと目を閉じてスマホの電源を落とす。ぶるっと震えて画面が暗くなるのを、黙って見つめる。電源と一緒に自分の心のスイッチも、ぷつっと音をさせて、落としてしまったかのような気分。胸が痛い。

——蓮だけじゃなく、誰にも言えない。

「一緒に、いたい……」

ずっと一緒にいたいんだけどな、と口にすると、涙がほろりと零れ落ちた。

世界が滅びますとか、自分は転生してきましたと言ったところで、誰が信じてくれるのか。

そもそも蓮との密会が盗撮や盗聴されてデータがやくざの手元にあるなんて、誰にも相談できない。

「私ががんばらないと……合気道も役に立ったんだし、なんとかなる。なんとかする」

自分自身を叱咤するために、小さく声を出してそう言った。

蓮との連絡を断って三日が過ぎた。

トークチャットアプリは、既読がついてしまうから、開かない。見ないで、やり過ごす。かかってきた電話には出ない。着信拒否はできないけれど、音を消して、相手があきらめてくれるのを待つ。

──蓮と別れて、荒滝さんとつきあえばいいの？

そんなことは、だけど、できない。したくない。

──荒滝さんにもう一回会って、データを消してくださいって頼む？

聞いてくれるかはわからないし、また会うのかと思うと、恐怖で身体がすくんでしまう。

具体的な案も思いつかず、ただ、時間だけが経っていく。会社で仕事をする傍ら、ずっと、蓮や荒滝のことを考えている。

攻略キャラだったひとりがモブ的な役割を担ってでてきたのだとしても、どこかでまだ荒滝のことを信じたい気持ちが残っていた。

卑怯なことをしたけれど、それでも盗撮したものを雑誌社に売ったりはしないのではないだろうか。

結衣を脅迫してきたとしても、本気で寝取ろうと思ってはいないんじゃないか。

荒滝が改心するかもしれないと、ぼんやりと願っていた。

そんな結衣の楽観を打ち砕いたのは──文句砲である。

その日の朝、まだ寝ている結衣の部屋のドアをバンビが豪快に開けて飛び込んできた。

「結衣、やばいって。やばいやばいやばいやばいってば」

「なによ。……なにがやばいの？」

ふにゃあっとして聞き返すと、ベッドの上にバンビがぴょんと乗る。スマホを手にして結衣の目の前に画面をつきつける。

「今日発売の文旬の見出しがネットで出てるんだって。天王寺蓮に熱愛発覚」

「え」

結衣は慌ててバンビのスマホを手に取った。

ネットニュースの画面だ。

『人気急上昇イケメン俳優、天王寺蓮に熱愛発覚！　爛れたお泊まり愛の全貌』

あわせて掲載されているのは白黒の画像だ。荒滝に見せられた写真である。ホテルのエントランスを歩く蓮と結衣の写真。それからエレベーターに乗るふたり。

「……やられた」

声が出た。

臆しているうちに、荒滝が――というより創造神が――運命のカウントダウンをスタートさせてしまったのだ。

――荒滝さんにモブキャラみたいな真似させて。こんなの噛ませ犬じゃないの。私は蓮が推しだからいいけど、荒滝さんを推してるみんながこんな展開をどう思うのか。

この世界に荒滝の推しが紛れ込んではいないと思うけれど。しかし、あらためて言いたい。責任神、出てこい。これはとんでもないバグだ。

ものすごく迷惑なバグだ。

「あのさ、これって結衣じゃん？　天王寺蓮は顔隠してるけど結衣はサングラスもマスクもしてないし帽子かぶってもいないし、いっつも着て歩いてる服で……どう見ても結衣だよね」

呆然としている結衣に、バンビが言う。

「う……ん」

「つきあってんだなってのは薄々知ってたんだけどさ……。撮られるとか、結衣のくせに油断しすぎじゃない？　誰よりも天王寺蓮のファンの結衣が、芸能人としての彼に傷つけるようなマネをしくさって。このーっ、おばかちんっ」

バンビが結衣の頬を平手でぺちりと軽く叩く。

「本当だよね。私……馬鹿だ。なんでこんなことに」

蓮が最推しなのに──いや、蓮のことを愛しているのに。

恋人なのに。

蓮のためにならないことをしでかして──蓮を崖っぷちに追いつめた。

ぶるぶると結衣のスマホが振動する。手に取って見ると、相手は蓮だ。深呼吸をしてから、怖々と電話に出る。

『結衣？　ああ、よかった。無視されなくて。電話取ってくんないかと思ってた』

結衣が『ごめん』と言うと、蓮が電話の向こうで『いいよ。いま取ってくれたら、それでいい』と応じる。

『それより、結衣との写真撮られちゃった。文句で……。大きな事務所なら掲載前に差し止めができたんだろうけど、うちの事務所、弱小だからできなくて』

『うん……ごめん……撮られちゃって……本当にごめん。私がもっと気をつけてたら』

話しているうちに鼻の奥がつんと痛くなる。涙がほろりと頬を伝い落ちる。ふがいない。蓮のためにどうにかしようって防弾チョッキを身につけたり、合気道を習ったりしていたけれど——必要なのはその手前の「撮られないこと」だった。

盗聴とか盗撮とか、最悪だ。ただ写真を撮られただけなら、演技派で実力のある蓮のことだから、きっと人気はまた盛り返す。でも結衣とのあられもない濡れ場まで流出してしまったら、どうなるかは、さすがにわからない。『星姫』のなかですっぱ抜かれたのは単なる熱愛報道で、セックス最中の睦言とか画像ではなかったので。

『あやまるようなこと、結衣はなにもしてないでしょう。俺たちは普通に恋愛をしただけ。俺は独身で他に恋人もいないし、不倫でもなければ犯罪でもない。でも、結衣は芸能人じゃないのにマスコミに追われちゃうかも。ごめんね。いま事務所に手配してもらってて、交際宣言の文書こっちで出すから』

さらっと言われ、結衣は驚いて息を呑んだ。

『午後には文書がマスコミに流れるはず。結衣のことは〝相手は一般のかたなのでそっとしておいてください〟って言うから。あ――ごめん、一旦、電話切る。事務所の社長が来たから作戦会議する。またあとで』

早口でそう言い、蓮からの電話は切れてしまった。

そして――。

蓮の言った通りに午後には彼の事務所から、ふたりの交際宣言が出されたのである。

こういうときによく出てくる通りいっぺんの内容のものだったが、蓮も言ったように、不倫でもなく犯罪でもないので『真剣に交際しているのでどうぞあたたかく見守ってください』という蓮の言葉は、結衣が想定していたよりずっと好意的に受け止められたのだった。

5　あなたを（世界も）守ってハッピーエンドにしてみせます！

スクープが出てから一週間めが、世界が滅ぼされるきっかけの事件が起きる日だ。

――なんてこと、誰に訴えても、頭がおかしいって思われて終わるよね。

だから結衣は誰にも相談せず、防弾チョッキを着て、ぬかりなく過ごしていた。自衛をしていれば、蓮のストーカーに刺されることはない。怪我をしなければ蓮が魔王になることもない。

――ただ問題なのは盗聴と盗撮。

こちらについては、もう一度、荒滝に掛け合うことでしか解決できそうにない。蓮に言っても、心配事を増やすだけだ。結衣がひとりでどうにかする。

幸いなことに、荒滝とのつながりはふたつある。

ひとつはバー『N.O』。客として通っていたらしいから、ヨシくんに尋ねた。ヨシくんいわく『前に何度か来てたけど最近はぜんぜん来なくなったし、常連ってわけじゃないよ。結衣ちゃん、あの人はカタギじゃないから、やめといたほうがいい。蓮のほうがまだしもだ』という返事が戻ってきた。

——ヨシくんも私の保護者みたいなことを言いだして。

カタギだとか、そうじゃないとか。やめておけとか、まだましとか。結衣の恋愛にまわりみんなが目を光らせている。

なので結衣は『やめておくもなにも、聞きたいことがあっただけなのでそういうんじゃないです。私は蓮ひと筋です』と返信した。ヨシくんは苦笑して肩をすくめる絵文字を送ってよこした。

そうなってくると、もうひとつのつながりに頼るしかなくなる。たった一回、荒滝に連れていかれた新宿のニュークラである。場所は知っている。黒服の誰かが、結衣が荒滝に連れられて控え室に入っていたのを見て記憶してくれているのではと思う。

駄目もとで、ニュークラの黒服にメッセージを頼んだ。考え抜いた末、誤解を与えないようにほぼ宣戦布告みたいな文面の手紙を押しつけてきた。

『あなたがしたことは絶対に許さない。持っているデータを誰にも渡さずすべて破棄してください。そうしないと人類は死滅します。連絡をください。連絡先は——』

連絡先は結衣の携帯番号。しかし、冷静に読み直したら、電波がぴゅんぴゅん飛んでいる内容だ。が、事実なので、変えようがない。ついでにこんなに電波っぽい女だと知らせることで、荒滝の恋心を削ぎ落としてやろう作戦も敢行である。普通の感性なら、この文面に、引く。百年の恋だって冷めるはず。

しかし、待ちの姿勢となった結衣のもとに荒滝から連絡がくることはなかった。

そうなってしまうと、結衣から突撃するのもタイミングが難しい。

——とりあえず私がストーカーに刺されたあとで対処しよう。

考えた末、結衣は、自分とストーカーに刺されたあとで対処しよう。

考えた末、結衣は、自分とストーカーとの対決を先にすませ、そのあとに荒滝との問題に着手しようとそう結論づけた。ひとつずつ。できることを、できる範囲で、ぬかりなく。自分は凡庸なのでまめにそうやって対応するのがたぶん一番いいはずだ。

そうして——淡々と日々の生活をこなしつつ、心のなかは大嵐で、あれこれと動きまわりつつ過ごしていった一週間——。

蓮が釘をさしてくれたおかげでマスコミは結衣を追わなかった。加賀が手を打ってくれたのか社内は静かで、結衣が芸能人とつきあっているらしいという噂が流れたにしろ、結衣に迷惑がかかることはなかった。

結衣は大丈夫。

問題なのは——蓮のほうである。

——しばらくは会わないでおこうねってお願いしたのは私からだけど。

蓮はそれに合意してくれたけれど。

うっかりすると闇落ちしかねないメンタリティの持ち主なのだ。結衣は気が気ではない。自分が会わないでいるあいだに、蓮の身になにかがあったらと思うとはらはらしてしまう。だから結衣は時間がある限り、蓮の様子を探ることにした。

いまのところ遭遇する様子がない蓮のストーカーについても気になっている。結衣は逆上した蓮のストーカーに襲われる予定なのに、欠片も気配を感じない。

主要キャラがモブ化している現在、ストーカーというモブキャラはいったいどうなってしまったのか。もしかしたらいなくなったのか。モブがまさかの主要キャラにジョブチェンジする可能性だってあるのだろうか。

もはや『星姫』のシナリオはあってなきがごとし。なにひとつ信じられないので、結衣は、自分の目ですべてを確かめることにしたのであった。

そんなわけで結衣はスクープが出てから一週間、帰社後は、ショートヘアの鬘をつけ、もとから乏しい胸をさらしで巻いたうえで防弾チョッキを着込み、学生風の男装姿で蓮のことを人知れずつけまわしていた。

ちなみにコスプレの嗜みもあるバンビに手伝ってもらった男装姿なので、実に自然で、結衣のことをよく知っている相手でもごまかすことができるほど優れものの変装となっていた。これでマスコミ対策もばっちりである。

――追われるのは怖いから逆に追いかけてやる。

ストーカーに刺される前に、こちらからストーカーに挑んでやる。強く決意する結衣はもう怖いものなしだ。蓮のため、世界のために、できる努力をすべてする。

必然的に蓮を追いかけまわすことになってしまった。

蓮に悟られるかと思ったが、蓮はマスコミのことは察知するのに、結衣の視線はどうやら気にならないらしい。たまにどうでもいい場所でちらっと背後に気を配る蓮の姿に、見つかったかなとひやひやさせられたが、なんとかやり過ごす。男装が板に付いているのだと思うと「やったぜ」という気持ちが半分で、残り半分は「私はやはり女性としての魅力に欠けているのかも。胸まわりとか」としおしおとなる。自分でも、勇ましいのか、いじましいのか、判断不能だった。

それはそれとして。

――事件が起きるなら、今日。

というわけで結衣は有給を使い、一日、休んで男装して蓮のまわりをうろついていた。

自分が刺されるのが問題なら自宅でこもっているのでもいいのではと悩んだが、蓮の様子も気になったためである。それに自宅にいても「刺そう」と思えば、刺しに来るのではという気もした。

荒滝の件もそうだが、創造神は、目的のためには手段を選ばず、イベントが発生するように無理に物事を動かしているような気がしてきたので。

そうやって蓮の仕事を一日追いかけていても、ストーカーらしき人影は皆無であった。

もしかしたら「自分が刺される」という事件はこの世界では起こらないのかもしれない。

そうなると蓮を闇落ちさせるイベントはどうやって発生するのか。

――まあ、闇落ちしないのがなによりなんだけどね。

何事もなく本日が終わったら、それで結衣の肩の荷もひとつ下りるというものだ。

相変わらず蓮は多忙で、ドラマの撮影を朝からこなし、無事に撮影が終わったのは午後三時。マネージャーの運転する車に乗り込んだのを、タクシーに飛び乗って追いかける。

人生ではじめての「あの車を追ってください」を運転手に伝える。

「見つからないように気をつけて、距離とってくださいね」

運転手は興味津々という顔で「はじめてそんなこと言われたな」と言いながらノリノリで蓮の車を尾行してくれた。

蓮の車が停まったのは新宿である。蓮ひとりを降ろし、車は走り去っていく。少し後ろにタクシーを停めてもらい、結衣もまたそこで料金を支払い、降りた。

歩く蓮から距離を置き、見失わないように気をつけてついていく。蓮は長身だから目立ち、頭ひとつ突き抜けて見えるが、それでも雑踏のなかを追いかけるのは、たやすいようで難しい。

百貨店が並ぶ通りを歩いていき、蓮は裏道へと曲がっていく。人通りが少ない道に向かうから、結衣はそれまでよりさらに距離を空けて、ついていった。

ふいに蓮の姿が消える。

ビルのなかへと入ったのだ。結衣は慌ててビルまで小走りで進み、電信柱の陰に潜んで、小さくつぶやいた。

「……なんで、ここ?」

新宿の、荒滝に連れていかれたビルである。

ビルの入り口を通り抜けた蓮は、脇に置いてあったニュークラ『花の城』の看板を一瞥し、エレベーターに乗り込んだ。

結衣は物陰からその様子を見守り、エレベーターのドアが閉じたのと同時にビルのなかに入る。エレベーターの前に立ち、階数表示板を見上げる。一階、二階、三階とエレベーターが上昇し、五階のところで停止する。少し経ち、今度はエレベーターが降りてくる。

「蓮、五階で降りたのね」

五階は——荒滝のニュークラがあるところだ。

嫌な予感がした。

古いビルのエレベーターは降下が遅い。待っているあいだも気が急いて、気づけば結衣はすぐ横にある階段を駆け上がっていた。

この世界に来る前の結衣だったら、五階まで走って上がるなんて無理だっただろう。が、ここに来てから結衣は熱心に身体を鍛えている。合気道のレッスンに行かない日でも筋トレはかかさない。おかげで胸の肉も減ったが、筋肉はついたし、基礎体力が上がった。さすがにそれでも三階くらいで息が切れたが、そこは気力で補い、とにかく一心不乱に五階までのぼる。正直、五階でありがたかった。十階とかだったら荒滝に呪詛の言葉をぶちまけたことだろう。

階段からフロアに通じる金属製のドアには鍵はかかっていなかった。ドアノブを摑んで押し開ける。すぐそこに見覚えのあるニュークラの黒いドアがあり、結衣はためらいなくドアを押して入店する。

ぎょっとしたように結衣を見る黒服たちを無視し、前に連れていかれた控え室へと足を進める。

「ちょっ……あんた誰っ」

変装した結衣を、黒服たちは男性だと思っているようだった。

腕を摑まれたが、それを躱して、くるっと黒服を床に押し倒す。合気道の防御術は完璧だ。こちらから仕掛けることはできないが、腕を摑んでくれたら、いくらでも躱して、相手をぶちのめすことができる。その後の攻撃の術までは、実はまだ、まったく習っていない。

そして、ドアを開けると――。

「まさかそっちから俺に連絡くれるとは思わなかったぜ。ちょうどいい。星空結衣は、おまえにはもったいない女だ。別れろ」

荒滝が、蓮の前に立ち――そう告げていた。

荒滝は手に銃を持っている。黒い小型の銃。

――なんで銃。どういう展開？

どうしてこうなっているのかが、結衣にはまったくわからない。ドアを開けたまま、結衣の身体は固まってしまう。

動いたら、すぐに発砲されそうで。

「そうだね。それは認める。結衣は、俺にはもったいない女だよ。だから別れない。生涯、結衣のことだけ愛し抜く。きみみたいな気持ちの悪い男からも、結衣を守るよ」

結衣からは蓮の背中しか見えない。どんな表情でそんなことを言っているのか、わからない。

「気持ちが悪い男？」

荒滝の眉が跳ね上がる。

「だって、きみ――ずっと結衣のことストーキングしてたでしょ？　知ってるんだ。俺、仕事柄、自分をつけまわす視線には敏感だから、すぐにわかった。変な奴らが結衣のまわりをうろついているってことにね。最初は俺のファンがストーキングしてるのかって警戒してたんだけど、俺ひとりのときには誰もつけてこないから、結衣のストーカーだって気づいて――それから相手が誰かを探らせてもらった。きみ、このあいだ、結衣のこと襲おうとしたよね。文句に写真が載る前日の話」

蓮が応じる。

――待って。荒滝さんが私のストーカー？

蓮のストーカーはいなくなって、結衣にストーカーがついたということか。しかも荒滝は完全にモブキャラに改変されている。

「そこまで知ってるのか」

「知ってる。結衣がきみのこと拒否して逃げたことも、知ってる。でも結衣がきみを許しても、俺はきみを許さない」

「許してもらう必要なんて、ねーんだよ」

カチリと金属音がして、荒滝が銃口を蓮へと向ける。

結衣の全身のうぶ毛がざわっと立ち上がった。危ない。怖い。このままでは蓮が撃たれる。

結衣を狙うはずだったストーカー女性はいったいどこに消え失せた。何度めになるかもはやわからないが、責任神、出てこいと胸中で罵った。

狙われるのは結衣のはずじゃなかったのか？

「おまえさえいなけりゃ、結衣は俺のものに——おまえさえっ」

荒滝がそう叫んだとき。

結衣は部屋のなかに駆け込み、荒滝と蓮のあいだに自分の身体で割って入っていた。

銃が発射され、轟音がした。

「蓮っ」

飛び込むようにして蓮に抱きつき、荒滝に背中を見せて防御する。

ものすごい衝撃で身体が跳ね、一瞬、息が止まる。蓮を抱擁したまま前へと倒れる。防弾チョッキは銃弾を受け止めてくれるが、痛みを消してくれるものではなかった。物理的に弾丸が防弾チョッキにめり込んで、ものすごく痛い。

「……きみは誰……って、結衣っ!?」

蓮が叫ぶ。

全員の動きが一瞬だけ、止まった。荒滝は呆然として結衣を見ている。蓮もまた結衣を抱きしめ、見つめている。

「はい。結衣です。あの……」

結衣は必死になって、そう言った。どうしてか、けほけほと変な咳が出る。なんでだろう。肺のあたりを銃撃で圧迫されたからだろうか。

「……防弾チョッキ着てるので、生きてます」

咳き込みながらなんとか言うと、蓮が「防弾チョッキ」とつぶやいた。結衣がいつも着用していることを思いだしてくれたようである。

シリアスな場なのに微妙な空気が漂った。女の取り合いで銃撃。そこに乱入する「男装した」その当人女性。さらに撃たれた女性は防弾チョッキで銃を防いだのである。もとから結衣の奇行に慣れている蓮はともかく、荒滝の頭のなかではさぞかし「どういうことだ⁉」という疑問が湧きあがっていることだろう。

そんな不思議な停滞を破ったのは、蓮だった。

すぐに流れるような動作で銃を持つ荒滝の手を蹴り上げる。荒滝の手から銃が離れて床に落ちる。くるくると旋回して床を滑った銃を足で止め、荒滝に向き合う。

「……その銃で俺を撃たないのか」

荒滝が聞いた。

「まさか。俺は一般人ですよ。撃ちません。それに、そろそろ警察が来るはずだ」

「銃声を聞いて？　誰かが通報したとしてもそんなにすぐに駆け込んでくるはずはないぜ」

「文句に写真を売ったやくざの幹部との話し合いの場に、俺がなんの手も打たないと思ってるんですか？　事前に警察に一報入れてから来るに決まってるじゃないですか。脅されてますって相談して、ついでに白い粉みたいなものを買えって相手がしつこくて困ってるんです、今回もニュークラの控え室にあの白い粉があるのかもくらいのこと言ってから、来ますよ」

落ち着いているが、凄味のある声だった。

火のつく前の導火線みたいな空気が、蓮の周囲から立ち上っている。あともうひとつなにかをしでかしたら、とんでもないことになる。

――魔王降臨直前。

燃えさかる紅蓮の炎めいたものが蓮の周囲で揺らめいているように見えてしまった。普段はその優雅な美貌ゆえ花を背負って歩いているのに、今回ばかりは、炎と血という禍々しいものを背景に添えたくなる。

そう感じているのはたぶん結衣だけじゃない。

結衣から見えるのは蓮の背中だけ。でも、向かい合っている荒滝の表情に怯えが混じったのが結衣からでも窺えた。

結衣は慌ててまわりを見回す。魔王化させないためのなにかを探したいが、これというアイテムが見つからない。

開いたドアの向こうから顔を覗かせている黒服たちと目が合った。黒服たちも青ざめて、びくついている。

「でもその前に――」

　蓮が長い足を大きくスライドさせ、荒滝へと詰め寄った。

　止める暇もなかった。

　姿勢を低くして、固く握りしめた拳で荒滝の腹を殴りつける。呻いて倒れかけた荒滝の顎を掬い上げるようにしてアッパーカットを決める。荒滝の眼鏡が宙に飛び、口の端から血がたらりと落ちた。

「ぐ……は……っ」

　荒滝はくらりと頭を前後に揺らし、そのまま白目を剝いて、背中から床へと倒れた。

　――ちょっとだけ強い雑魚キャラの倒れ方っ……。

　蓮が倒れた荒滝を見下ろし、冷たく言う。

「結衣がもし死んだら、この程度じゃすまなかった。命だけは助けてあげます。でも次になにかあったらあなたは結衣に手出しをしたことを後悔することになりますよ。……って、聞こえてないですね」

　結衣を振り返った蓮の頰には不敵な笑みが刻まれている。

「――結衣、起き上がれる？」

「……はい」

「さて、逃げようか。巻き込まれたくないし」

「はい」

蓮は結衣に手を差しのばし、引き上げた。黒服たちは脅えた目で結衣たちを遠巻きにしていた。肩を貸してもらってどうにかよろよろと歩く結衣を引き止める人は、誰もいなかった。

エレベーターで一階に下りる。

ビルの入り口で警官たちとすれ違った——。


そのまま蓮は自分の上着を結衣の方に羽織らせると、すぐにタクシーを拾った。

撮られてしまうからという拒否は「もう撮られたし交際宣言も終わってる。だから俺たちの関係はスクープじゃない」という言葉ではね返される。

そして、タクシーに乗って隣に蓮がいるという状況で、いまさら——結衣は、自分の身に起きたことに恐怖を感じた。

ぼろぼろと涙が溢れてくる。

「もう全然違う。これゲームじゃないじゃないの。現実すぎる。防弾チョッキつけてても、めちゃくちゃ痛いし……心臓ばくばくするし……ここ日本なのに銃だしてくるとかあり得ないっ。なんなのっ」

唐突に意味不明なことを言いだした結衣を、蓮は、困った顔で見つめている。

「なに言ってんの、結衣。ずっとゲームなんかじゃなかったし、現実だよ」

「現実……だよね。うん。わかってる。だから、私でよかった。蓮だったら……死んじゃってた。防弾チョッキもつけてないし、蓮は」

防弾チョッキを連呼しているのは、混乱していたからだ。

「うん。俺だったら死んでたね。ありがとう、結衣。俺を守ってくれて。きみは俺の恋人で守護天使だ」

「守ってなんかないもの。足を引っ張り続けてばかりだもの。私は……」

「はい。顔、拭いて。かわいい恋人が、泣きじゃくってて、かわいらしさが倍になってる」

「かわいくなんて……ない。化粧もしてないし……男装してるし……」

「そうかな。俺のために情緒乱されて、わんわん泣いている顔は、かわいいよ」

「……か、かわいいって」

ぐすんと鼻を鳴らして、結衣は、蓮を見上げた。

その気持ちは、結衣も知っている。『星姫』で結衣が蓮を推していた理由のひとつ。蓮のファンがみんな言っていたのが――「守りたい、この泣き顔」だ。

「蓮……なんか変な力、発動してない？」

勇気を振り絞って尋ねてみる。結衣は、結衣のストーカーによって銃撃されてしまった。刺されてはいないが、これは魔王の力発動イベントだ。

「相変わらずきみは突拍子もないことを言いだすね。変な力って、なに？」

「なんかこう……超能力的な？　魔王の力みたいなものが」

そして結衣は語りだす。実は自分のいるこの世界は『星姫』というゲームのなかなのだということを。自分はヒロインキャラで、蓮は攻略対象キャラのひとりであるということ。蓮との恋愛が成就したら、蓮が魔王の力を発動させて、世界を滅ぼしてしまうこと。

蓮は『星姫』がエロゲーであるという一点にだけ「エロゲー？」と聞き返してきたが、それ以外は黙って結衣の話を最後まで聞いてくれた。

「突飛だけど……防弾チョッキはたしかに役に立ったし……その説明を聞くと、結衣の変な行動すべての辻褄が合う。否定はしないで……おこう。でも……エロゲー？」

蓮は、自分がどのルートでも不幸になることや、幸福なルートでも最後には世界を破滅させてしまうという説明にも黙っているのに、エロゲーであるという一点だけは、何度も聞き返してきた。

そして、つぶやいた。

「そうか。ちょっとやばいな」

「そうなのよ。すごくやばいの。世界を滅ぼしてしまうのは避けたいから、それでね」

「いや、そっちじゃなく。その説明を信じるとすると、結衣は前世で十八禁のエロゲーをやり込んでいたんだなって思って……想像したら勃っちゃった」

――そっち？

さすが『星姫』世界は、エロに対して積極的すぎる。爽やかな顔で「勃っちゃった」などと言わせないで欲しい。こんな素敵な天王寺蓮なのに、性に対して貪欲すぎるし――さらに結衣は「勃っちゃった」と言われただけで赤面しつつも、なにかを期待してしまうのだ。

――私も、節操がなさすぎる。

さっき撃たれたばかりなのに。世界の滅亡を阻止しなくてはならないのに。

「このあとの仕事は……」とおずおずと聞くと「このあとはオフ」とささやいた。

「だから俺の部屋に来て。きみの身体、ちゃんと見せて」

「え……あの」

「エロい意味じゃなく、きみが無事だっていうの、たしかめさせて。きみが俺をかばって倒れたのを見たとき、俺も心臓が止まりかけた。きみがあそこで死んでたら、俺は荒滝のことを殺してたろうし、その変な魔王の力とかいうのが発動したとして、人類を滅ぼしたと思うよ。あのね……俺、手が震えてんの。さっきから」

「え？」

蓮が結衣の手に、手を重ねる。たしかにわずかに震えている。

「きみが動揺してるのと同じ。このタクシーに乗ってから、現実感がこみ上げてきたみたい。俺も混乱してるんだって。きみを失ってたらどうしようって、そう思うと、いまさら怖くて震えだしてる。だから、きみが生きてるっていうの、身体でたしかめたい。抱きしめたいし、抱きしめられたい。おかしなこと言ってるかな？」

「おかしく……ないと、思う」

結衣も、蓮が、ここにいるのをたしかめたいと感じているから。

結局、結衣は、こくりとうなずき、蓮の胸元に抱き寄せられたのである。

が——。

「でも……私、男装だから……いま撮られたら別な相手との交際発覚ってなっちゃってスクープになるかも……」

思いついてしまった。自分はいま星空結衣であって、星空結衣ではない。完璧な変装でそのへんの若い男子学生に見えているはず。

がばっと顔を上げて訴えたら、

「黙って」

と蓮が言い、結衣の唇をキスで封じた。

はじめての蓮の部屋である。『星姫』のスチルでさんざん見ていた蓮の部屋に実際に足を踏み入れるのは感慨深い。

なにより玄関のドアを開けた途端に、蓮が結衣の鬘を剝ぎ取り、熱烈なキスをしてきたので胸がいっぱいになった。

――こんなスチルは『星姫』にはなかった。

男装している結衣の鬘を剝ぎ取ってキスをするなんて間抜けなシーン、トンチキルートがあることで有名な『星姫』にもなかった。

新たな分岐を辿り、自分たちのルートを開拓しているのだと、不思議な気持ちになる。

と、考えていることは立派だが――やっていることは目茶苦茶だった。

「もう本当にきみって、どうなってるの。脱がせてもちっともエロい気持ちにならない服装選手権にエントリーして戦ってるの？　鬘の下のネットって、剝ぎ取っても、ぜんっぜん、やらしい気持ちになれないものトップテンにランクインしてると思う」

蓮はがどこか途方に暮れた言い方で、笑っている。

「ごめんなさい」

謝罪する結衣に、蓮が半眼になった。

「叱られた犬の顔してる。いいよ、もう。きみのその、変なところも俺は好き」

「好き?」

「好きなんだよ。腹が立つことに」

なぜかむくれた顔で、蓮が結衣の上着を脱がせ、シャツも脱がせ――防弾チョッキをバリバリと引き剝がし――胸を押さえつけていたサラシをぐるぐると巻き取った。

蓮は結衣の身体を反転させ、背中にくちづける。

「ここ、青あざができてる。防弾チョッキをつけてても、あんな至近距離で撃たれたから――触られたら、痛い?」

「うん……触られると痛い」

「そっか。じゃあ優しく、する」

「する……の?」

「するよ。だってエロゲーの主人公だから」

妙にきっぱりと断言したから、笑ってしまった。

サラシの下でぺたんこにつぶされていた乳房を、掬い上げるようにして揉む。柔らかく揉みしだかれると、乳首がつんと立ち上がる。甘い快感が下腹へ伝っていき、結衣は小さく息を吞む。

「ん……っ」

くりくりと乳首を指で弄ばれ、息が弾む。

「で、どうしてきみは荒滝とふたりで会ったことを俺に隠してたの？」

世界滅亡とかゲーム転生の話が終わったら、今度はそういう話になってしまった。散らばる服と同じくらい、蓮と結衣の会話はさっきからばらばらで、混乱している。

「だって私と天王寺さんが会ってたホテルに……盗聴器と盗撮カメラがあったって……言われて……」

結衣は荒滝から受けた脅しをかいつまんで説明する。そのあいだも蓮は結衣の服を脱がすことに余念がない。脱がせたものを床に落としながら、廊下を歩き、ベッドルームに辿りついたときには結衣は全裸になっていた。

蓮はそのままベッドに結衣を座らせ、自分の服を手早く脱ぎ捨てる。

「はったりだよ、そんなの。この俺がそういうところで手を抜くと思う？　きみが来る前に一度ホテルの部屋をチェックしてたし、きみが寝ているあいだにももう一回チェックしてたよ」

「そ……うなの？　チェックしてたの？」

「結衣、荒滝にセックスしてるときの写真見せられた？　結衣が聞いたっていう音声も、結衣のものじゃないよ、それ。たいていの女の人の喘ぎ声って一部だけ切り取って聞かされたら、似通っているから、適当に似てる声の女の人をチョイスして聞かせたんだと思う。俺の名前を呼んでるとかじゃなかったんでしょう？　結衣をだましたんだと思うけど？」

言われてみれば――そうだった。具体的になにがどうという会話は一切なかったし、ほんのちょっとの喘ぎ声だけで。

「せめて、もうちょっと聞かせろってねばってみればよかったのに。そういうところ、つっこんで聞かなかったの？」

「……聞かなかった、です」

「結衣って、鋭いようで、抜けてるから……。仕事できて有能と見せかけて、ここぞというときにはポンコツで。そこがかわいいんだけど……」

蓮が片手で顔を覆い、うつむいて嘆息する。

「はい。ごめんなさい」

蓮はベッドの端に座る結衣の前に跪く。結衣の太ももを手のひらで撫で上げる。さわさわとなぞられると感じてしまい、蜜が内側から滲みだす。蓮は太ももにくちづけて、舌を這わせる。そのまま結衣の足を開かせ、下腹に顔を近づける。しげしげと凝視されると、すごく濡れているのがわかってしまう。

「やっ……だ。恥ずかしいから、見ないで」

「そんなふうに言われると、もっと恥ずかしいことさせたくなる」

「え……」

「結衣、自分でしてみて」

結衣の手を股間に導き、濡れたそこに当てる。

「そんなの……見せられない……」

「ひとりでできないんだ？　仕方ないな。手伝ってあげる」

そう言って蓮は結衣の手を取り、動かす。陰核を包む皮をそっと剝がし、指でくりくりと転がす。

「結衣はここ弄られるとすぐにイッちゃうんだよね。俺があんまり弄りすぎるから、ずいぶんと色が濃くなったね。それに、大きくなってきた」

蓮の手が結衣の指を導き、上下に動かす。単調なリズムで擦られるのが、だんだんもどかしくなってくる。

「あ……んっんっ」

蜜が内側から零れだし、結衣の指を濡らす。ねばつく蜜を自分の手で感じるのが恥ずかしい。気づけば結衣は自然と腰を揺らしていた。

「あとはひとりでできる？」

蓮が手を離す。

「でき……ない」

「駄目。これはお仕置きなんだから。荒滝とのことを内緒にした、お仕置き。俺の見てるところで自分で弄って、イッて」

「お仕置き……？」

「それができたら許したげるし、結衣の好きな奥の場所を、俺のでたくさん愛してあげる」

「できなかったら？」

「してあげない」

　意地悪な言い方でにやっと笑う。

「や……だ……。蓮のが欲しいのに」

　ふわっと言葉が零れ落ち、はしたなさに赤面する。でも、欲しい。こんなふうにされて、お預けをされたらおかしくなってしまいそうだ。結衣の身体は快感には弱くて淫猥で——我慢がきかない。

「欲しい……の……に」

　だから結衣は足を開き、自身の花園を指で広げ、乱した。ぷっくりと膨れた陰核を指の腹で擦る。優しく、丸く、円を描くように。いつも蓮がしてくれるようにして指で弄ぶ。太ももが快感で痙攣する。

「あっ……ああっ……蓮、蓮のが欲しいの」

　あられもないことを口走り、蜜に濡れた指を自身のなかに滑り込ませる。だって陰核を弄るだけの快感じゃ物足りない。もっとすごく気持ちがいい部分を、結衣は、蓮に教えられてしまったのだから。

内襞を指で擦る。ぎゅうっとなかが収縮する。溢れる蜜がくちゅくちゅといやらしい音をさせている。陰核を弄り、内側をかき混ぜる。

「あ……っ、ああっ、や」

蓮がそんな結衣をじっと見つめていることに、全身がざわめく。視線で犯されている。淫らな自分を見つめられている。恥ずかしいのに、気持ちがいい。羞恥心を煽られ、蜜がじゅくじゅくと溢れていく。

ひくりとなかが蠢いた。

「……ん」

くたりと脱力する。イってしまった。自慰を見られて、イってしまった。肌に汗が滲み、結衣は自分の内側から指を引き抜く。

「よくできました。欲しがってくれて、ありがとう。俺のをあげるから、結衣が自分で俺の上に跨って、入れてごらん」

蓮が結衣の隣に座り、そう言った。

「え……なんで……そんな……」

さらに恥ずかしいことをさせられてしまうのか。

「だっていつもみたいに俺が上だと、優しくできない。背中、痛いでしょう？　結衣がちょうどいい程度に加減して、動いて」

おいで、と熱のこもった欲情した声で誘われた。

「俺も結衣のなかに早く入れたい」

下腹につきそうなくらい勃起している蓮のものを見て、結衣の喉がこくりと鳴った。欲しいと身体が訴えている。あれが欲しい。あれでなかをたくさん擦られたい。

結衣は立ち上がり、蓮の上に跨って、ゆっくりと腰をおろす。蓮が結衣の腰に手をまわし、そっと引き寄せる。

「ふぁ……あ」

切っ先を飲み込んだところで、蓮がぐいっと突き上げる。内側を擦られ、結衣の身体が跳ねた。

蓮が結衣の髪をぐしゃぐしゃにかき混ぜる。そうしながら、くちづける。唇を押し開けて侵入する舌が結衣の口中を舐めまわす。

「蓮……蓮……やだ。すぐイっちゃう。入れただけでイっちゃう……」

快感が肌をざわめかせ、結衣の言葉はきれぎれになる。勝手に吐息が零れてしまう。

身体がふわりと宙に浮いたような心地がした。内側を擦られて、全身が小刻みに震える。足に力が入らない。悦楽が結衣の身体を支配して、結衣は、必死に蓮にしがみつく。揺すぶられる、壊されてしまいそう。

「ああああっ」

あっけないくらいたやすく、達してしまった。腰をくねらせて、結衣はすすり泣いた。身体の芯がとろりと蕩け、そのまま曖昧に溶けていってしまいそう。蓮の身体とひとつにつながって、なにもかもを手放して、背中をのけぞらせた。


蓮が結衣のなかで達するまで、結衣は何回もイかされてしまった。蓮にうながされて、いやらしいお願いをいっぱいした。「もうやだ。気持ちよすぎて死んじゃう」と泣きだしたら、蓮が笑って「死んじゃ駄目」と優しいキスをしてくれた。「ここでやめといたげる。生きて欲しいから」と射精したときには、結衣はへとへとに疲れてしまい、ぐったりとなっていた。

——死因は推しのセックスが上手すぎたからってなっちゃうよ。

ぐったりとベッドに横たわると、背中が痛い。無茶をしないようにと思っても、セックスに夢中になると結衣の身体は勝手に突っ走ってしまう。エロゲーのヒロインの性に対する前向きさは、ちょっとおかしい。感度の良好さも奇跡レベルだ。どこを触られても感じてしまう。

「結衣……？　どうして拗ねてるの」

蓮が結衣の横に寄り添って寝そべり、顔を覗き込む。

「拗ねてないです……。ただ疲れてるだけです。天王寺さん、ひどい。無茶しないし優しくしてくれるって言ったのに」

「優しくしたでしょ？」

「お仕置きとか……あと、いろいろ……」

「気持ちよかったでしょ？」

「よかった……ですけど……」

くすくすと蓮が笑う。

――魔王の能力を持っているのに、小悪魔みたいな笑い方をするなんて！　あざといくらいにかわいいから、怒れませんっ。

「あのさ、結衣が『星姫』っていうゲームに転生したっていうあの話ね」

ふいに蓮が言う。その話は真面目に聞かなくてはと、結衣は「はい」とうなずいた。起き上がってちゃんと聞きたかったけど、その体力が残ってないので、寝たままだ。

「俺から言える言葉がひとつだけあるなって。結衣、転生してきてくれて、ありがとう」

「ありがとうって……」

「つまり俺のためにこの世界に来てくれたってことだろう？　だから、ありがとう。会えて嬉しい。俺を見つけてくれて、ありがとう。それが真実なのか、そうじゃないのか、俺にはまだ判断できないけどさ……。お願いしていいかな、結衣」

「お願いって……？」

「結衣、ずっとここにいて。この世界に」

真摯な目で、祈るようにして蓮が告げた。はっとするくらいに綺麗な目で、すがるように弱々しい言い方だから、胸を衝かれた。

「いる……わよ。ずっとずっと私は蓮の側にいる……。でも、それで、いい？」

おずおずと聞くと蓮がはにかむように笑う。

「もちろんだよ。ずっと俺の側にいて。結衣、やっぱりさ、俺たち結婚しよう。俺の奥さんになって。一緒に暮らしたい。魔王になんてならないってちゃんと約束するから。世界は滅ぼさないから、結婚して」

世界は滅ぼさないから結婚してって、パワーワードすぎる。

「え……あの……私なんかが蓮の結婚相手なんて」

「なんか、なはずないでしょう。結衣のあとだと、他の女の人はみんなかすんじゃう。防弾チョッキを身につけて合気道を習っていつのまにか知り合いになったやくざのストーカーに銃を出されても動じずに俺を守るために身を挺してくれるような女、結衣以外にいない。いまさら他の女の子と恋愛できないよ。責任とって」

「責任……って」

「かわいらしくて、一途で、おもしろくて、最高の恋人で——目を離すとなにをしでかすかわからなくて——大好きだよ。返事は〝はい〟しか認めない。もう一回、言うね。結衣、結婚しよう」

じわじわと言葉が結衣の心に染みてくる。

——幸せ。

幸福ってこういうことなんだなと、嚙みしめる。好きな人に、好きだと言ってもらえた。好きな人を守ることができた。互いの世界を飛び越えて、運命を変える分岐をふたりで踏み越えて——。

「……はい」

うなずいたら、蓮が、とても優しいキスをした。

ピロートークなエピローグ

そしてふたりは本当に入籍し、いちゃいちゃと幸せに暮らしはじめた。

交際宣言からの即、入籍というニュースは巷を賑わせたし——天王寺蓮ファンの女性たちのけっこうな数がファンであることをやめてしまったけれど——逆にそれで発奮し、蓮はハリウッド映画のオーディションに挑み、合格した。

撮影が長期に渡るため、蓮は結衣を伴ってハリウッドに移り住んでいる。

主役ではないが、著名な監督の大作娯楽映画出演の決定に、日本の芸能界はあっさりと蓮に対して手のひらを翻したようで——ハリウッドから帰ったらぜひうちの映画に出演を、とかドラマに出てくれとか、たくさんのオファーが飛び込んできている。

——まあ、なにに出るかとか、そもそも日本に帰るかどうかは映画の撮影が終わってから考えることにして。

それはそれとして——蓮は、とにかく、結衣との毎日を満喫しているのだった。

昨夜も蓮は、結衣とたっぷりと愛しあってから眠りについた。キングサイズのベッドは寝心地がいいが、こんなに大きなベッドの必要はなかったなと思いながら、蓮はまだ寝ている結衣の身体を抱き寄せる。

——狭いベッドのほうが抱き寄せやすいんだよなあ。

結衣は寝相が悪くて、熟睡するとごろごろとあちこちに転がってしまう。うっかりすると離れがちな結衣の身体を、だから、蓮は夜中に何度も引き寄せている。

引き寄せるついでに、悪戯もしてしまう。寝ているときでも結衣は、蓮に触れられると反応し、すぐに濡れるので、ついそういう気持ちになって結衣のなかに勃起をおさめてしまうのだ。

新婚なので。

「結衣」

いまも蓮は、眠る結衣の身体に触れ、乳首を摘んで弄ぶ。

「ん……ん、もう……蓮っ、やめて」

結衣がゆっくりとまぶたを開き、唇を尖らせる。昨晩、苛めすぎて泣かせてしまったから、まぶたが少し腫れぼったい。

「どうして？」

「どうしてって……だって今日は蓮に朝ご飯作るって決めてたんだから。駄目っ。トーストとベーコンエッグの朝ご飯が食べたいって、昨日、蓮が自分で言ってたんだからねっ」

「いまは、朝ご飯より、結衣が食べたい」

ねだってみたが、結衣は「駄目」と言って、するりと蓮の手から逃れてベッドを降りた。気絶するみたいにして眠ったので、全裸のままだ。

「眼福」

自分は寝たままで結衣の姿を視線で追いかけてそう言うと、結衣は「もう」と恥ずかしそうに胸を両手で隠して、急いで部屋を出ていってしまった。

仕方なく蓮も起き上がる。ガウンを羽織って、キッチンに向かう。

結衣はよれよれのシャツとスウェットを着て、冷蔵庫から卵とベーコンを取りだして焼きはじめる。熱したフライパンにベーコン。ジュージューと音がする。ベーコンの焼けるいい匂いが漂いはじめ、蓮のお腹がぐうっと鳴った。

「ほら、私を食べるより朝ご飯が食べたいって蓮の身体がそう言ってるでしょ？」

なぜか得意げに結衣が言うから、笑ってしまった。どうしてそこで得意そうになるのかが、わからない。わからないけれど、かわいいから、それでいい。

結衣の側には、日本から連れてきたレンレンがいる。ピカピカと目を光らせて、結衣の調理を見守っている。

「そういえば、荒滝さんは警察に捕まったんですってね。バンビにメールで教えてもらった」

「うん。そうみたいだね」

余罪があれこれと見つかったため、長い留置所暮らしとなるようである。蓮としては、大事な結衣に襲いかかったり、銃で撃ったりしたあの男は死刑になってもいいくらいだと思っているが、そんなことを言ったら結衣が蓮の魔王化を危惧して心配するから、口には出さない。

「ちょっとかわいそうだけど……」

「悪いことをした奴は、ちゃんと罪を償わないと駄目でしょう？」

「そう……だよね」

難しい顔で結衣がうなずいた。

「なんで荒滝のこと心配するの？」

「そういうんじゃないんだってば。もともと荒滝さんはあんな人じゃなかったのに、私のせいだよなあって。転生してきちゃったから」

「わかった。結衣は優しいからなあ」

――その優しさは、俺だけに向けて欲しいけど。

じわりと嫉妬の感情が湧き上がり、蓮は気を取り直そうと、話題を変える。

「ご飯食べる前に、シャワー浴びてくる」

「えー、もう朝ご飯できるのに～」

「ざっと身体流すだけだから、トースト焼き上がるのには間に合うよ」

そう言って、蓮はバスルームへと向かった。

バスルームへと廊下を歩きながら、蓮は、両手を開いて軽く掲げる。念じると、ガウンの紐が勝手にほどける。さらに、念じると、はらりとガウンが蓮の身体から剝がれ落ち、脱ぎ捨てられた。

——魔王の力。

実は結衣には内緒にしているが、蓮はあの日、魔王の力を発現させてしまったのだ。

怒りと恐怖がない交ぜになり身体が震えだしたタクシーのなかで、自分の内側に得体の知れない強い力が満ちていくのを、蓮はたしかに感じていた。

「他にもいろいろとできるようになったけど……」

念じただけでたいていの望みは叶うようになっていた。とんでもない力のようである。

——でも、使わない。

ちらりと後ろを振り返る。キッチンのドアは閉まっている。蓮の魔力発動の光景を、結衣は見ていない。

——きみが泣くから、俺はこの力、使わないよ。

窓から外を見る。天気がいい。今日は暑くなりそうだ。

星空結衣という女性によって世界が救われたことを、世界の誰も気づいていないのであった。

「世界なんて滅ぼしてもいいけど、きみが泣くから、俺は魔王になんてならない」

蓮はそうささやき、微笑んだ——。

あとがき

お久しぶりです。笹木（ささき）らいかです。

今回はなんと転生ものです。

私自身が、毎日、流行っている転生悪女ものを楽しく読んでいたので、ふと自分でも書いてみたくなったんです。

それでプロットを作ってみたら、ちょっと不思議なテンションのお話になってしまい……。でも自分ではかなり気に入っていたので捨てきれず……。

担当編集さんにおそるおそるうかがいを立てたところ「おもしろいですねー。やりましょう」とご快諾いただき、そしてこのようなお話ができあがりました。

お話自体が愉快な（!?）ものになっているので、エロはわりとノーマル寄りにしようと心がけ、睡眠や催眠もなく穴にはまることもなくひたすらいちゃいちゃしてる感じにつとめてみたのですが、いかがだったでしょうか。こんなにまっとうなエロばかりのお話出していただくの実ははじめてなのでは。

と思うのは私だけで、今作もどこかまっとうじゃないエロが混ざってたりしていたらどうしよう。

いや、大丈夫。今作はどこをとっても王道です!!

ところで、作中のゲームはもちろん架空のものなのですが、設定とかけ分岐とかけっこう真面目に考えて、攻略キャラも実は他にも何人かいるんです。いるんですけど今作のヒロインは「蓮一択で最推しです!!」なので他キャラはそんなに出す必要はないので割愛しました。

書きながら「本当の荒滝さんはもっといい男なのになあ」と思ったし「荒滝さんのファンに申し訳ないな」と思ったりもしたのですが、架空のゲームなので、私の脳内にしか荒滝さんのファンいないいんですよね……。

最終的に私は自分の脳内でしか存在してない『星姫』というゲームをとてもプレイしてみたくなりました。そしてゲーム実況したいです。みんなでわいわいしていろいろと語りたくなるゲームです。

……私の脳内にしかないいんですけど。

世の中が大変だったので私もなんやかんやと大変に過ごしておりました。あまりシリアスなものをたしなむ気持ちにはなれず、書く気にもなれず、ずるずると過ごして、そして年末にこのお話を書ききることができました。

担当編集さんにも、イラストの漣(さざなみ)ミサ先生にもとてもご迷惑をおかけしております。本当に申し訳ございません。そして、ありがとうございます。キャラフの蓮がかっこよくて、結衣ちゃんはかわいらしくて、いただいたときに勝利の舞をひとりで踊っておりました。

感謝しかない。

この本を手にとって読んでくださっている皆様にも感謝しかないです。

ありがとうございます。

皆様が平穏無事に、つつがなく暮らしていってくださいますようにと、こんなアホなお話を書きながらただひたすら祈ってました。いまも、あとがき書きながら祈ってます。

またどこかでお会いできますように。

あとがき絵は描けなかったレンレンです☆
三角関係シーンを描くのが楽しかった…！
Sazanami Misa☆

Illustration Gallery

カバーイラストラフ(別案)

カバーイラストラフ

転生(てんせい)OL(オーエル)ですが、(ちょっとえっちな)乙女(おとめ)ゲームの世界(せかい)で推(お)しにぐいぐい迫(せま)られてます

オパール文庫をお買い上げいただき、ありがとうございます。
この作品を読んでのご意見・ご感想をお待ちしております。

ファンレターの宛先
〒102-0072　東京都千代田区飯田橋3-3-1
プランタン出版　オパール文庫編集部気付
笹木らいか先生係／漣 ミサ先生係

オパール文庫＆ティアラ文庫Webサイト『L'ecrin(レクラン)』
https://www.l-ecrin.jp/

著　者――笹木らいか（ささき らいか）
挿　絵――漣 ミサ（さざなみ みさ）
発　行――プランタン出版
発　売――フランス書院
〒102-0072　東京都千代田区飯田橋3-3-1
電話（営業）03-5226-5744
　　（編集）03-5226-5742
印　刷――誠宏印刷
製　本――若林製本工場

ISBN978-4-8296-8467-2 C0193

奥箱根
あやかしお宿で初恋婚
ニセ婚約者でしたが、ずっと愛されてたみたいです!?
せらひなこ
Hinako Sera
Illustration
漣ミサ
不思議な世界の出来事
ファンタジア
Fantasia
オパール文庫
おいしいごはんと温泉と、
甘〜い恋が心を蕩かす♡
老舗旅館の副女将・雪乃。別れた初カレと再会し、
婚約者のフリをしてほしいと頼まれて!?
胸きゅん♡淫らな再会愛&初恋婚物語!

ティアラ文庫

Tia6904

♥ 好評発売中! ♥